L'ÎLE INTERDITE

Illustration de couverture : Harvey Macaulay – Imperiet

18 rue Barbès, 92128 Montrouge
ISBN : 978-2-7470-5125-5
Dépôt légal : août 2014

Loi 49-956 du 16 juillet 1949 sur les publications destinées à la jeunesse.

BIRGITTE LORENTZEN

L'ÎLE INTERDITE

Traduit du danois
par Hélène Hervieu

MILLEZIME
bayard jeunesse

Birgitte Lorentzen vit à Copenhague. Elle est écrivain et journaliste. Quand elle n'écrit pas pour la jeunesse, elle réalise des documentaires pour la télévision.

1

Je me réveille en poussant un cri !

J'ai encore rêvé de Thomas.

Cette fois, il errait dans des marais brumeux et m'appelait. Des cloches sonnaient dans le lointain tandis qu'il répétait : *Loulou ! Loulou ! Loulou !*

On aurait dit le hululement rauque d'une chouette. Son regard fascinant perçait l'obscurité et, malgré mes efforts, je n'ai pas pu résister.

Quand je me suis avancée vers lui, il a disparu dans la brume. Je l'ai appelé, sans qu'il me réponde. Les cloches de l'église ont sonné encore plus fort et avec plus de violence. J'ai senti un frisson me parcourir la colonne vertébrale, comme si une main froide s'était posée sur mon épaule. J'ai crié.

Et je me suis réveillée.

Allongée dans mon lit, je sens mon corps trembler d'angoisse et de froid. J'ai envie de prendre mon téléphone et de l'appeler pour savoir s'il va bien.

Mais je ne le ferai pas. Non, je ne le ferai pas ! J'allume ma lampe et tends la main pour attraper mon portable. Il affiche 02 : 32. Je tripote mon vieux Nokia. Je me concentre à fond pour faire que Thomas me téléphone. Je ne crois pas vraiment que ça puisse marcher. Mais j'essaie quand même.

Je viens de lire dans un livre que, si l'on dirige la force de ses pensées vers ce qu'on veut obtenir, l'univers, de lui-même, vous vient en aide. Il faut simplement avoir des pensées positives.

Appelle-moi, appelle-moi... s'il te plaît !

Grr ! Il ne se passe rien. Rien du tout. *Niente. Nada !*

Sans doute parce que je n'y crois pas à cent pour cent. Allez, pitié, j'ai besoin que l'univers me file un coup de main ! Ma vie va tout de travers en ce moment.

J'attends.

Ah, c'est beau, la naïveté !

Évidemment, impossible de me rendormir. J'ai les yeux grands ouverts et je scrute l'obscurité. Je me mets sur le dos. Sur le ventre. En position fœtale. Sur le côté gauche. Sur le droit. Je ne vais quand même pas compter les moutons... De toute façon, ce serait inutile.

Je n'arrive pas à dormir.

Et c'est comme ça toutes les nuits. Je suis en manque permanent de sommeil. D'après ce que j'ai vu sur Internet, je souffre de SFC – syndrome de fatigue chronique. J'ai aussi lu que, quand on a du mal à s'endormir parce que trop de pensées se bousculent dans la tête, il faut rester allongé immobile et répéter un mot, n'importe lequel, pour se vider l'esprit.

Physique, physique, physique, physique…

Et Thomas surgit dans mon cerveau presque vidé. Je vois son visage, je voudrais le retenir, mais il se voile. En revanche ses yeux, le bleu et le vert, envoient comme des rayons laser sur ma rétine.

Grr !

Je ne peux pas dormir. Je dois aller aux toilettes. J'y vais ou pas ? Bon, c'est décidé, j'y vais !

Quand je me lave les mains, j'ai un choc en découvrant mon reflet dans la glace. J'ai une de ces têtes ! Les cheveux gras en bataille, le teint cadavérique, les yeux cernés et les lèvres gercées. Pas étonnant qu'il ne veuille plus sortir avec moi.

En sortant des toilettes, j'ai encore un choc, mais moindre, en me heurtant à ma mère dans le couloir sombre.

– Loulou, ça va ?

– Oui, oui.

Je retourne dans ma chambre, même si je sens qu'elle voudrait ajouter quelque chose. Je n'ai pas la force de l'écouter.

– Bonne nuit, maman.

Je referme bien la porte pour lui faire comprendre qu'elle ne doit pas entrer. Son attention maternelle ne m'est d'aucune aide.

Je vérifie mon portable au cas où. Non, bien sûr qu'il ne m'a pas écrit de message.

La télépathie n'a jamais été son fort. D'ailleurs, il a laissé tomber tout ce qui a trait au surnaturel. Tout est bien cloisonné dans son cerveau maintenant. Plus de parapsychologie, plus d'esprits qui parlent, de séances de spiritisme, de visites de personnes décédées ou de fillettes à l'allure d'anges. C'est un chapitre clos. Il est presque devenu un type normal. Il est tout ce qu'il a toujours rêvé d'être – avec un truc en plus.

Je soupire. Balance le portable, éteins la lampe, me tourne sur le côté et essaie de trouver le sommeil.

Mais, chaque fois, le visage de Thomas m'apparaît. Soudain son image devient distincte : ses yeux aux reflets si particuliers quand il me regarde, sa main qu'il passe dans ses cheveux noirs, son sourire, ses lèvres. Et voilà qu'il se penche vers moi et j'ai cette boule au ventre, j'ai beau faire, je ne peux pas lui résister.

Des larmes coulent sur mes joues.

Oh, non ! Ne me dites pas que je suis encore en train de pleurer !

2

Embrasser Thomas – ah, je ne peux pas décrire l'effet que ça fait. Si je devais m'y risquer, je dirais que c'est comme être aspirée dans une grande magie universelle. Comment expliquer… Selon Nietzsche, « dans le véritable amour, c'est l'âme qui enveloppe le corps ».

N'importe quoi. Je ne suis même pas sûre de comprendre ce que ça signifie. Mais je suis dingue de citations, on ne se refait pas.

En tout cas, sortir avec Thomas, c'était vraiment quelque chose de fort. Comme si mon cœur était bombardé de sentiments immenses et libérateurs. Soudain ma vie avait du sens. Et ce sens, c'était Thomas. Ce qu'il faisait à côté de moi, avec moi, c'était ça qui avait du sens. Ça paraissait simplement aller de soi, et c'était si bon.

Caresser sa main ou le regarder dans les yeux, ça suffisait pour que mon corps soit parcouru d'ondes de bien-être. Et savoir que mes gestes et mes regards provoquaient la même chose chez lui, ce n'était pas rien non plus. J'ose avouer que je n'ai jamais été aussi amoureuse de ma vie – ou plus exactement : je n'avais jamais été amoureuse avant et je crois bien que je ne le serai plus jamais.

Car Thomas et moi… j'étais persuadée que lui et moi, c'était écrit dans les étoiles. Pour la vie !

J'étais sûre qu'on était des âmes sœurs.

Nous étions forts ensemble, nous étions un. Un tout immense et indestructible.

C'est ce que je croyais.

Lorsque ça a été officiel pour Thomas et moi – enfin, quand les gens ont compris qu'on sortait ensemble et que Thomas n'était peut-être pas si fêlé que ça, même s'il allait dans une classe spéciale –, il s'est passé quelque chose. Les autres l'ont regardé différemment et ils ont découvert à quel point il était fascinant. Ils se sont enfin rendu compte qu'il était canon. Ses cheveux noirs, son corps élancé et musclé par le karaté, ses yeux vairons. Sa différence a tout à coup paru attirante.

Et moi aussi, on m'a trouvée intéressante, parce que Thomas était avec moi. Du coup, il a changé. Il s'est perçu autrement, a pris confiance en lui, c'est le moins qu'on puisse dire. Mais moi aussi, en fait.

Soudain je suis devenue populaire. Moi !

Comme si, ensemble, nous avions plus de valeur aux yeux des autres, comme si nous étions meilleurs.

Ruth, la confidente de Thomas pour tout ce qui est paranormal, disait que c'était parce que nous étions *rayonnants*. Elle affirmait que notre rayonnement nous rendait plus beaux, plus profonds ; notre aura brillait tellement qu'elle éblouissait les autres, qui auraient tant aimé, eux aussi, vivre un grand amour.

D'accord, Ruth n'est pas la personne la plus fiable qui soit, mais il y a quelque chose de vrai dans ce qu'elle prétendait.

J'ai lu quelque part que tous les hommes sont des anges avec une seule aile ; pour voler, il faut que deux anges s'étreignent. Bon, c'est peut-être un peu tiré par les cheveux, mais c'est une belle image. Un jour, Thomas m'a écrit que personne n'est parfait, mais qu'il y a des personnes qui sont parfaites l'une pour l'autre. C'est peut-être ce qui se rapproche le plus de ce qu'on ressentait. Ensemble, on formait une équipe parfaite !

Au fond, le phénomène le plus surnaturel, le plus mystérieux, le plus magique qui nous liait tous les deux, c'était notre amour, un amour pur !

Pourtant, ça n'a pas tenu, et je n'arrive toujours pas à savoir si je déteste Thomas.

Amanda – *Amanda du karaté* –, en tout cas, elle, je la déteste. Ça, c'est sûr !

3

J'ai encore rêvé de lui.

Sa silhouette se détache dans la brume qui s'élève au-dessus des marais et il m'appelle. Sa voix a quelque chose de désespéré quand il crie mon nom : *Loulou ! Loulou ! Où es-tu ?*

Les cloches de l'église sonnent et me donnent la chair de poule. Je suis terrifiée et, quand je trouve la force d'aller vers lui, il disparaît à nouveau dans la brume épaisse. J'ai froid et j'entends dans le lointain des cris angoissés. Je l'appelle. THOMAAAS ! Mais je n'obtiens pas de réponse.

Quelqu'un marmonne : *Vai via !*

Et je me réveille. C'est moi qui ai dit « *Vai via* ». Ça veut dire « va-t'en », « disparais » ou « fous le camp » en italien : la preuve que mon père et ma grand-mère paternelle ont réussi à m'inculquer quelques mots. Mais pourquoi *Vai via* ? Qui doit foutre le camp ? Pourquoi je fais ce rêve-là ?

Je reste les yeux grands ouverts dans le noir et j'ai la sensation désagréable… qu'il y a quelqu'un à côté de moi. Comme avec Rosa, la petite fille morte qui venait me rendre visite chaque nuit dans ma chambre. Je ne bouge pas. Je tends l'oreille.

Les bruits sont différents la nuit. Ce qu'on ne remarque pas la journée s'entend distinctement dans la nuit et le silence. Quelqu'un tire une chasse d'eau, l'eau passe bruyamment dans les canalisations, un réfrigérateur se remet en route, une sirène retentit au loin, il y a des chuchotements dans le couloir, des pas furtifs, une lame de parquet qui craque… Ça recommence…

Est-ce qu'il y a quelqu'un devant ma porte ?

– Maman, c'est toi ?

Silence.

– Julia ?

Rien. Je suis sûre d'avoir entendu un bruit.

– Ohé, il y a quelqu'un ?

Mais il n'y a que moi et mon angoisse.

Je ne crois pourtant plus aux fantômes. J'ai tourné cette page de ma vie et de celle de Thomas. Nous n'en reparlons jamais. D'ailleurs, nous n'avons plus ce genre de visions. Toute activité paranormale a été reléguée aux oubliettes.

Alors qu'est-ce qui m'arrive ? Pourquoi est-ce que j'ai peur dans le noir ? Très peur.

Je vais être obligée d'en parler à Thomas. Il va falloir que je ravale ma fierté et que j'aille le trouver. C'est tellement idiot, ce qui nous arrive. Et je dois reconnaître, bien qu'il m'en coûte, que c'est tout autant ma faute que la sienne.

La grande magie entre Thomas et moi avait baissé d'un cran. Juste d'un cran. Je n'avais plus l'estomac noué quand il me regardait, quand il se mordait la lèvre inférieure ou me caressait la main. Ça me faisait toujours plaisir, mais les décharges étaient un peu moins fortes. Et, honnêtement, ce n'est pas si agréable que ça d'être soudain populaire quand on n'en a pas l'habitude. Du jour au lendemain, Hassan A. s'est intéressé à moi et je n'ai pas pu m'empêcher de lui montrer qu'il ne m'était pas indifférent. Ce n'était qu'un flirt tout à fait innocent. Je n'ai jamais eu l'intention d'aller plus loin avec lui, le champion du « Club de boxe Kelly ». Il n'avait pas besoin d'une admiratrice de plus. J'avais juste envie de m'amuser. Mais Thomas n'a pas trouvé ça drôle du tout. Il l'a mal pris et on a eu notre première dispute. Puis il y en a eu une autre. Et c'est comme ça que les choses se sont un peu gâtées. Mais jamais je n'aurais imaginé qu'on se sépare ! Après tout ce qu'on avait vécu ensemble ! Toutes les épreuves qu'on avait traversées !

Voilà, j'ai de nouveau mal au ventre.

Il faut dire, à ma décharge, que Thomas avait la tête ailleurs. Il était obnubilé par le karaté. Karaté par-ci, karaté par-là ! Il avait été invité à participer à une rencontre – une compétition à l'échelle nationale, je crois. Il n'arrêtait pas de s'entraîner. Il n'avait presque plus le temps de me voir – c'est du moins l'impression que j'avais.

Et, un jour, j'ai voulu lui faire la surprise de venir le chercher à son entraînement. J'ai enfin compris ce qui occupait son esprit. Il ne m'a pas vue arriver, il était trop absorbé par sa discussion avec Amanda. Il avait pris une douche. Ses cheveux étaient trempés et brillaient d'un éclat particulier. Elle aussi avait ses longs cheveux mouillés.

Amanda est le genre de fille à côté de qui on se sent nulle. Elle est grande, aussi sportive que Thomas. Superbe avec ses yeux bleus et ses cheveux bruns bouclés. J'étais là, à vingt mètres d'eux, et ils ne s'en sont même pas rendu compte. Elle tenait son vélo et Thomas avait posé une main sur le guidon. J'entendais leurs voix et leurs rires, et j'ai surtout vu la façon dont Thomas regardait Amanda. Ce regard-là, il m'était réservé ! Il a passé très lentement sa main libre dans ses cheveux mouillés et lui a souri. Le même sourire que celui qu'il m'adressait ! Et Amanda a souri en retour, tandis qu'une brise rabattait quelques mèches sur son visage. Thomas les a écartées de sa joue. Elle a saisi la main de Thomas en plongeant le regard dans le sien.

Il était clair qu'elle comptait plus que moi. Et dire que je ne m'étais doutée de rien !

Je ne sais pas ce qui m'a pris : j'ai disjoncté. Je lui ai fait une scène. C'était affreux. Je préfère ne pas entrer dans les détails.

Le reste, c'est de l'histoire ancienne. Cela fait douze jours. Demain ce sera le treizième.

Nous ne nous sommes pas parlé depuis. Thomas a appelé et envoyé plusieurs SMS, mais j'étais trop en colère et je me sentais trop humiliée pour répondre.

Il a prétendu que c'était un malentendu, mais je ne suis pas idiote. Je sais ce que j'ai vu et c'était sans équivoque.

Et si c'était *vraiment* un malentendu, qu'est-ce qui l'empêchait de passer à la maison pour me le dire en face ? Mais non, il ne l'a pas fait. Et puis je n'ai plus eu de nouvelles de lui. Rien. *Niente. Nada.*

Thomas n'est pas sur Facebook, il dit qu'il n'a pas envie que d'autres fourrent leur nez dans sa vie. J'ai regardé le profil d'Amanda, elle ne parle pas de Thomas. Il n'y a pas de photos non plus, mais je sais qu'il y a quelque chose entre eux.

En deux jours, il a très exactement téléphoné deux fois et envoyé quatre SMS. DEUX appels et QUATRE SMS. Puis, silence radio. Il n'a pas de temps à perdre avec moi.

Et je me suis interdit de le contacter.

Mais je commence à douter. Peut-être qu'il n'en mène pas plus large que moi ? Sinon, comment expliquer ces étranges cauchemars où il disparaît dans une brume inquiétante ? On n'a pas besoin d'avoir fait un master en psychologie avec une spécialisation dans l'interprétation des rêves, pour comprendre ce que ça signifie : je suis terrifiée à l'idée que Thomas et moi, on s'éloigne l'un de l'autre, qu'il disparaisse de ma vie.

Mais dans mes rêves il m'appelle ! Alors ça veut dire quoi ?

C'est vraiment trop bête. Il faut que je lui parle. Notre histoire ne peut pas s'arrêter comme ça...

J'ai peut-être eu une réaction exagérée. J'étais sous le choc, trop en colère, trop déçue, trop effrayée, trop bête... Oui, c'est le moins qu'on puisse dire. Résultat des courses : je n'arrive plus à dormir. Ni à manger, ni à penser, ni à pleurer. Bref, je n'arrive plus à vivre... enfin, vivre pour de bon.

4

Je dois faire une course.

Ensuite je passerai chez Thomas. Peut-être. Si j'ose.

Il faut que je lui parle. D'abord parce que cette histoire me fait trop mal, mais aussi à cause de mes cauchemars. Ils m'effraient, comme une mise en garde. Mais de quoi ?

Y a-t-il vraiment une force universelle qui nous vient en aide si on le souhaite assez ardemment ?

En tout cas, alors que, devant la vitrine de l'épicerie fine, je me demande si je ne vais pas entrer pour acheter le thé à la réglisse que Thomas aime tant, je sens des yeux posés sur moi. Alors, en examinant les reflets dans la vitrine, j'aperçois Thomas, de l'autre côté de la rue Kongevej, qui m'observe. Je reste un moment pour m'assurer que c'est bien lui, il est tout le temps caché par les voitures qui passent, la circulation est dense en fin d'après-midi.

Bon, ça suffit, c'est lui ! Et il m'a vue.

Mon cœur bat à tout rompre. Comme si un ouragan se préparait à l'intérieur. J'avais oublié à quel point il est beau ! J'en ai le souffle coupé.

J'ai envie de me retourner et de crier son nom, mais cela me donnerait l'air trop désespérée. Il faut que je me contrôle. Ne pas trop montrer ma joie. Rester cool. Ne pas être trop distante non plus. J'arrange mes cheveux dans le reflet de la vitrine. Vérifie ma tenue. Puis je respire un bon coup, compte jusqu'à trois. GO !

Je me retourne.

Plus de Thomas. Je plisse les yeux. Rien. Je parcours la rue du regard. Plus personne. Volatilisé. C'est étrange. Est-ce que je commencerais à avoir des hallucinations ?

J'ai mal au ventre. Je traverse la rue pour aller faire ma course.

Et soudain il est là, à moins que j'aie encore une hallucination ? Non, c'est bien lui près d'un portant de vêtements. Pour femmes !

Est-ce qu'il m'a vue ?

J'arrange de nouveau mes cheveux, redresse le dos, affiche un petit sourire supérieur, prends mon courage à deux mains. Et je me dirige vers lui : quinze mètres jusqu'à Thomas. Quatorze mètres. Treize, douze, onze mètres. Il lève la tête. Nos regards se croisent une fraction de seconde. Oh, ses yeux ! J'ai une envie folle de courir me jeter à son cou, de lui demander PARDON, serrée contre lui, et de le supplier de tout oublier et de recommencer à zéro.

Au lieu de ça, j'incline un peu la tête sur le côté avec un grand sourire. Il esquisse lui aussi un sourire. Je vais m'élancer quand il baisse tout à coup les yeux… Pourquoi ? Parce qu'Amanda entre dans le magasin, lui sourit et lui prend la main… Oui, elle fait ça.

Je sens mes jambes se dérober – comme si j'avais reçu un coup de poing dans le ventre. J'ai du mal à respirer. J'essaie de réfléchir. Comment réagir ? Rebrousser chemin est trop humiliant, mais faire comme si de rien n'était l'est tout autant. Dois-je pleurer, sangloter, piquer une crise, dire quelque chose ou les ignorer ? Thomas me regarde, l'air embarrassé. Ou est-il arrogant, voire méprisant ? Non, ce n'est pas ça. Ses yeux semblent vouloir me demander pardon… ou…

J'ai la tête vide. Les secondes s'écoulent, la distance se raccourcit.

– Salut, Loulou, dit Amanda en souriant.

Dents parfaites, joli nez, cheveux splendides. Elle sent bon aussi, elle est tellement mieux que moi que c'en est insupportable.

Les yeux de Thomas papillonnent. Je sens monter la colère mais me maîtrise.

Je m'arrête. J'ignore Amanda. Je fixe Thomas droit dans les yeux. Je soutiens son regard et assène avec mépris :

– *Amor omnia vincit*... L'amour vainc tout, hein ?

Il ne répond rien, se contente de faire un geste avec sa main libre.

Je bous intérieurement. J'ai tellement envie de crier et de lui jeter à la tête ma frustration, mon impuissance et mon humiliation.

Malgré cela, je reste muette quelques longues secondes.

Alors je puise dans ma réserve de citations et lui balance un peu de mon répertoire d'Albert Camus en ricanant :

– Bon, c'est pas tout, mais il faut que j'aille trouver mon « invincible été » !

À l'instant même où je prononce cette phrase, je la regrette déjà. Qu'est-ce qui m'a pris ? Pourquoi j'ai dit un truc aussi débile ? Thomas a l'air surpris. Amanda a un sourire gêné. Ou méprisant ? Je suis à deux doigts de fondre en larmes. Je me déteste.

Je tourne les talons ; je ne peux plus retenir mes pleurs, alors il vaut mieux que je m'en aille.

Je l'entends crier derrière moi :

– Loulou !

Mais je continue mon chemin sans me retourner. Je pense à ma grand-mère maternelle et à ses paroles réconfortantes inspirées par Camus : « Car, après l'obscurité, il y a une lumière que nous distinguons déjà et que nous devons lutter pour atteindre. »

Je me répète cette phrase plusieurs fois, tandis que les larmes coulent sur mes joues. Je ne vois de lumière nulle part. On est en juin, le soleil brille, mais il n'a jamais fait aussi sombre dans la rue Kongevej.

5

– Tu devrais accepter la proposition de *zio* Toni. Tu passerais un bel été à Venise. Et Carla serait là. C'est l'occasion de la retrouver et de t'éloigner un peu de… toutes ces histoires.

Je suis assise sur la table de la cuisine, ma mère parle, j'écoute. J'ai les yeux gonflés et le nez bouché.

Je hoche la tête, même si je ne suis pas convaincue.

Toni est en réalité l'oncle de mon père, mais nous l'appelons tous *zio* Toni. Il m'a proposé un job d'été. Il a un restaurant sur Burano, une petite île de la lagune vénitienne. Un bel endroit. Toni a besoin de serveurs capables de parler anglais avec les nombreux touristes qui fréquentent son restaurant en haute saison.

Ma cousine Carla, qui habite à Milan, va aussi travailler là-bas. La mère de Carla, Anna, est la sœur de mon père. Ils ont grandi au Danemark. Anna y a rencontré un

Italien. Elle s'est mariée avec lui et ils ont eu deux filles : Carla et Maria. Mais mon oncle avait le mal du pays, alors toute la famille a quitté le Danemark pour aller s'installer en Italie.

Carla et moi avons gardé le contact, mais ce n'est pas comme avant. Copenhague et Milan, ce n'est pas la porte à côté. Nos échanges se réduisent à quelques rapides commentaires sur Facebook.

La proposition de *zio* Toni est en fait super cool. J'ai hésité à cause de Thomas. Parce qu'il y a encore treize jours, je n'envisageais même pas de passer les grandes vacances sans lui.

Mais maintenant... Ça y est, je vais me remettre à pleurer.

– Ce pourrait être formidable, Loulou, non ? Une expérience pareille, ça ne se refuse pas. Tu te rends compte, tout un été sur la lagune vénitienne ? Surtout toi qui adores Venise.

Ils pourraient m'envoyer en fusée sur Mars ou en orbite autour de Jupiter, ça me ferait le même effet. Je suis vide. Je n'ai qu'une envie : me coucher dans mon lit et ne plus en sortir jusqu'à ce que je meure. De toute façon, c'est comme ça que nous finirons tous. Un jour, nous allons tous mourir, alors, à quoi bon ?

Ma mère me tend une tasse de thé.

– Tu penses que tu ne t'en remettras jamais. Mais la vie continue ! Et il y aura d'autres garçons…

Je secoue la tête.

– Crois-moi, Loulou, tu verras. Il y aura d'autres garçons, beaucoup d'autres.

– Je ne suis pas comme toi, maman !

Elle sourit.

– Tu devrais partir, Loulou. Vraiment. Te changer un peu les idées. C'est une occasion inespérée de progresser en italien et aussi de gagner de l'argent.

Elle a raison.

J'acquiesce.

– Appelle Toni et dis-lui que je suis d'accord.

– Pourquoi ne l'appellerais-tu pas toi-même ?

Je lui renvoie un regard de poisson mort.

– Bon, je vais le faire, Loulou. Tu verras, tu ne le regretteras pas.

Je me laisse glisser de la table de la cuisine et me dirige vers ma chambre.

– Où vas-tu ?

– Je vais me coucher, je suis morte de fatigue.

– Encore ?

Je ne réponds pas.

– Bon. Mais je préviens Toni ?

– Oui, OK, dis-je en étouffant un bâillement.

– Mais pas question que tu changes d'avis après !

Un court instant, l'image d'Amanda et Thomas flotte devant mes yeux.

– T'inquiète, je ne changerai pas d'avis. Ce sera certainement super, là-bas.

Sur ce, je me recouche. Je ne sais pas pourquoi, mais j'ai un pressentiment. Ce n'est pas de la jalousie, cela n'a rien à voir. Il y a quelque chose dans l'air, comme un mauvais présage.

Je sombre dans le sommeil et rêve encore une fois de bancs de brouillard, de cloches d'église qui sonnent et de voix qui chuchotent.

Mais cette fois Thomas n'apparaît pas dans mon rêve. Et c'est presque ça le plus inquiétant.

6

– Tu en as de la chance !

C'est la voix de ma petite sœur qui me réveille. Je n'ai aucune idée de l'heure. Ai-je dormi longtemps ? Je plisse les yeux.

– Tu parles de quoi, là ?

– Eh bien, tu vas chez Toni et tu vas travailler avec Carla au restaurant. Ah, ça m'aurait plu ! Et lui, là, comment il s'appelle déjà ? Fabio… il sera là-bas aussi.

Elle hausse les sourcils et fait des bruits de baisers avec sa bouche :

– *Ciao bella, how are you ? I love you.*

Elle parle en exagérant l'accent italien et prononce *love* avec un *a* comme « lave ».

Elle me fait marrer. J'avais complètement oublié Fabio. Un jeune serveur qui a son moment de gloire en haute saison. Qui drague à l'ancienne.

Je me rends soudain compte que Julia n'est plus une gamine. Appuyée contre le chambranle de la porte, avec une jupe en jean et des tongs dorées aux pieds, elle a vraiment l'air d'une ado. Bienvenue au club !

– Maman dit que je pourrai peut-être avoir un job chez Toni l'année prochaine.

– On verra bien, petite Julia.

Elle hausse les épaules et vient s'asseoir sur le bord de mon lit. Elle me prend la main et me regarde soudain d'un air sérieux.

– Mais si tu pars en Italie tout l'été, qu'est-ce qui va se passer avec Thomas ?

Je soupire.

– Rien.

– Mais maman dit…

Je lui pose l'index sur la bouche pour la faire taire.

– Pas maintenant, Julia !

– Alors c'est vraiment terminé ? dit-elle.

Je ne réponds pas.

– Moi qui croyais que tu étais une battante !

– Qu'est-ce que tu veux dire ?

– Il faut lutter, Loulou ! Parfois il faut y aller à fond, il faut tout donner si on veut l'emporter.

Je soupire de nouveau.

– Julia, il ne s'agit pas d'un match de foot.

– Tu ne comprends pas. Il te manque la niaque, Loulou. On ne gagne jamais rien sans se battre.

– Écoute, Julia. Ce que tu dis est sans doute vrai au foot, mais, là, c'est autre chose.

– Ah bon ?

– Oui !

Elle secoue la tête, l'air découragée.

– OK, s'il ne t'intéresse plus...

– Julia, tu ne peux pas comprendre, tu es trop petite.

– Si tu le dis. Mais, si ç'avait été moi, je...

– Justement, ce n'est pas toi.

– Bon.

Elle se lève pour quitter la pièce, mais s'arrête et se retourne.

– Moi, je trouve que tu gâches un bon karma.

– Un quoi ?

Elle se contente de hausser les épaules et referme la porte derrière elle.

Peu après, mon père vient me voir dans ma chambre.

– Ça fait plaisir à ton vieux papa que tu aies accepté la proposition de *zio* Toni, dit-il en prenant l'accent italien.

Il parle pourtant parfaitement le danois. Il est né et a grandi ici. Seule sa mère est italienne.

– Ça te permettra de mieux connaître *nonna* Rita.

À la mort de mon grand-père paternel, comme toute la famille de Carla partait s'installer à Milan, ma grand-mère adorée est retournée vivre elle aussi en Italie. L'été, elle mène son petit frère Toni à la baguette. Elle habite chez lui, à l'étage au-dessus du restaurant.

– Et ta *cugina* Carla, poursuit mon père, qui est visiblement ravi que je reprenne contact avec la branche italienne de la famille. Pour fêter ça, ce soir, c'est pizza !

– Tu ne pourrais pas parler normalement ?

Il hoche la tête et continue cette fois sans accent :

– D'accord. Tu sais... avec Thomas, tu arriveras à tourner la page, Loulou. Une fois en Italie, au milieu de tous ces beaux Italiens...

– PAPA !

– Je sais ce que je dis.

Leur attitude à tous me donne de plus en plus envie de m'échapper chez Toni, sur sa petite île.

– Tu verras que tu vas passer un bon moment, Loulou.

– Ouais...

Il n'y a pas grand-chose à ajouter, mais papa reste là, un peu gêné, comme s'il ne savait pas comment conclure cette conversation.

Je décide de l'aider.

– Papa...

– Oui ?

– Tu peux refermer la porte en partant ?

Il sourit.

– Oui. N'oublie pas que je t'aime.

Et il s'en va.

Enfin seule.

Je ferme les yeux. Je somnole, mais je suis dérangée par le bip d'un SMS. J'attrape mon portable.

C'est Thomas !

Au lieu de se plaindre de l'obscurité, mieux vaut allumer la lumière. (Confucius)

Hein ? Qu'est-ce qu'il veut dire par là ? Confucius, n'est-ce pas le philosophe chinois qui a inventé le yin et le yang ? Ça doit être de la philosophie appliquée au karaté.

Je réfléchis longtemps à ce que je pourrais répondre d'intelligent… ou de perfide. Mais… non. S'il a quelque chose à me dire, il n'a qu'à y aller carrément. Je me fiche de sa philosophie à deux balles.

De toute façon, je vais bientôt partir. Je me demande comment il va réagir en l'apprenant.

Les grandes vacances commencent vendredi prochain et mon père, tel que je le connais, doit déjà être devant son ordinateur en train de chercher un vol au meilleur prix.

Impossible de faire machine arrière. Burano m'appelle ! Mais pourquoi je frissonne de nouveau ?

Mon Dieu, je vais prendre l'avion toute seule pour la première fois.

7

Je pars dans six jours ! Mon père a trouvé un billet d'avion pas cher avec un départ mercredi. Le week-end, le prix des vols augmente. Ce qui veut dire que je raterai les derniers jours de classe. Ça m'embête un peu, car la dernière semaine de cours, c'est la meilleure de l'année scolaire ! On sent les élèves impatients et heureux d'être bientôt en vacances. Tout le monde, sans exception, est content. Même les profs.

Le vendredi, c'est génial, il y a la fête de l'école avec le discours du proviseur, et un spectacle un peu naze qui se termine par une chanson qu'on reprend tous en chœur : «Vive les vacances, c'est l'heure des réjouissances, l'école est finie, chante une joyeuse mélodie… »

C'est dommage que je rate ça. En plus, j'aurais pu apercevoir Thomas et peut-être lui dire au revoir.

Ah, j'ai mal au ventre chaque fois que je pense à Thomas. Tout un été sans lui… peut-être même toute une vie.

Stella, ma meilleure amie, est complètement excitée. On reste un moment devant l'école à discuter de ma rupture avec Thomas, ainsi que de mes vacances à Burano.

– Quand je pense que tu vas passer tout l'été sur la lagune de Venise ! L'eau turquoise, les plages de sable blanc…

Je l'interromps dans son délire romantique.

– Stella, écoute-moi. Primo : je vais là-bas pour bosser ! Secundo : il n'y a pas de plages à Burano ! Tertio : la lagune de Venise, ce n'est pas la Thaïlande. Il n'y a pas d'eaux transparentes, ni de poissons magnifiques et colorés ! Ce n'est qu'une sorte de fjord avec beaucoup d'îles.

– Oui, mais quand même…

Elle menace de venir me rendre visite, et je fais tout pour l'en dissuader. Je n'arrive pas à l'imaginer là-bas.

Stella ne va rien faire de spécial cet été. Peut-être vendre des glaces au parc de Tivoli, mais elle n'a pas envie d'en parler. Je vois bien que ce qui l'intéresse, c'est Thomas. Le problème avec Stella, c'est que la discrétion n'a jamais été son fort.

– Loulou, je n'ai pas envie de t'embêter avec ça, mais, sérieusement, comment Thomas peut sortir avec

Amanda Leander ? Je veux dire, c'est la fille la plus canon de Frederiksberg !

Je me bouche les oreilles.

– Je ne veux même pas y penser, Stella !

– OK.

Je retire les doigts de mes oreilles.

– Mais juste un truc, Loulou.

Je soupire.

– Quoi donc ?

– Je serais curieuse de savoir comment ils se sont rencontrés.

– Au karaté ! dis-je brièvement en donnant un coup de pied dans l'air.

– Ah, mais bien sûr ! J'ai vu le nom d'Amanda une fois dans le journal local. Elle est ceinture noire. Elle ne ferait pas partie de l'équipe régionale ?

– On dirait vraiment que tu as envie de te prendre un coup de pied, Stella ! À moins que tu ne préfères un bon coup de poing ?

– Oh, pardon, Loulou !

Elle sourit. Puis m'attrape par les épaules.

– Tu as de la chance d'aller en Italie. Les Italiens sont super, ils ont la classe et tout.

– Oui, il suffit de regarder mon père !

– Mais il est vachement beau… pour un papa, je veux dire.

– MON PÈRE ?

– Tu as vu le MIEN ? Faut dire que ton père n'est qu'à moitié italien. Mais ceux qui sont cent pour cent italiens ! Tiens, prends le type de Paparazzi Pizza, par exemple…

– Il est turc, Stella. Il s'appelle Imran…

– D'accord, mais en tout cas il est pas mal du tout. Tu ne trouves pas qu'il a un petit côté italien ?

– Bien essayé, Stella.

– Bon, peut-être pas complètement…

Elle me tape sur l'épaule.

Soudain l'expression de son visage change du tout au tout. Ses yeux s'agrandissent et elle bouge bizarrement la tête.

– Stella ?

Elle continue de faire de drôles de mouvements de tête, à croire qu'elle va avoir une crise d'épilepsie.

– Stella, qu'est-ce qu'il y a ?

– Chut !

Je suis parfois un peu lente à comprendre.

– Thomas… Il est là-bas, surtout ne te retourne pas. Il regarde dans notre direction, chuchote-t-elle avec un air de tragédienne.

Mon sang se glace. J'ai une envie irrésistible de me retourner. Et de disparaître sous terre.

– Il vient par ici, m'annonce Stella.

Mon Dieu, qu'est-ce que je vais dire ?

Et le voilà. Il déclare, avec cette confiance en lui qu'il a acquise récemment :

– Ça ne t'embête pas, Stella, que je t'emprunte Loulou quelques minutes ?

– Non, bien sûr, dit-elle en ramassant son sac de classe.

Elle recule en me regardant avec de grands yeux tout ronds.

Je fixe le bout de mes chaussures. Pour une fois, j'ai la bouche comme paralysée.

Il s'éclaircit la voix et dit :

– Loulou, mais qu'est-ce qui t'arrive ?

Je n'ai aucune idée de ce que je dois dire ou faire. Je continue à fixer mes Converse noires.

– Loulou, regarde-moi !

Je lève lentement la tête et plante mes yeux dans les siens. C'est agréable d'être si proche de lui, mais il y a aussi une certaine gêne, comme un fossé entre nous.

– Loulou, je suis désolé... pour tout ce qui s'est passé.

– Bon, dis-je seulement, incapable de trouver autre chose.

– Ce n'est pas du tout ce que tu imagines... entre Amanda et moi.

– Écoute, je n'ai vraiment pas envie de parler d'elle, dis-je d'une voix plus dure et mordante que je ne voudrais.

Il soupire.

– Tu vas être obligée de m'écouter. Vois-tu, Amanda est mon mentor.

– Mentor ? Mentor de jiu-jitsu, de karaté ou de ce que tu veux, je n'en ai rien à faire. Mentor en amour, mentor sexuel, peut-être, c'est une fille qui a de l'expérience, Thomas.

– Arrête avec ça, Loulou !

– Arrête avec QUOI ? Qu'est-ce que tu veux, qu'est-ce que tu cherches au juste, Thomas ?

Il hésite, secoue la tête.

– Tu ne peux pas savoir comme je suis désolé, Loulou. J'ai beau retourner cette histoire dans tous les sens, je n'y comprends rien.

– Si tu crois que tu vas t'en sortir aussi facilement. Je pense au contraire que tu comprends. Et que tu sais ce que tu fais avec Amanda.

– Mais non, Loulou, j'essaie seulement de t'expliquer...

– Tu n'as pas besoin de m'expliquer quoi que ce soit. Tu es libre, c'est ta vie.

Je sens que je m'échauffe sérieusement, je suis à deux doigts d'exploser.

Il saisit ma main. C'est merveilleux de le toucher de nouveau, mais soudain la pensée me vient que cette main a aussi touché Amanda.

– Bas les pattes ! m'écrié-je, un ton trop aigu car je n'arrive pas à me contrôler.

Il retire sa main, effrayé, et se la passe dans les cheveux. Il vient de se les faire couper. Ça lui donne un air très classe.

– Loulou, mais qu'est-ce que tu as ? Je voulais juste…

Je l'interromps :

– Qu'est-ce que tu voulais exactement ?

Quand je m'énerve et que je perds confiance en moi, je deviens cassante et froide. Au-delà des mots, c'est tout mon corps qui pique.

Il ne répond pas. C'est lui à présent qui regarde ses chaussures. Il ne dit toujours rien. Et cela me met en colère.

– Bon, laisse tomber, Thomas Klimko !

Je me déteste quand je deviens comme ça, mais c'est plus fort que moi. Alors je me détourne et j'envenime encore la situation en disant :

– N'oublie pas de saluer Amanda de ma part quand tu la verras.

Et je l'entends qui répond dans mon dos :

– Merci, ça lui fera plaisir.

Et toc !

Ça y est, on a mis un point final à notre histoire.

8

Les derniers jours avant le départ, c'est l'enfer. Quelle corvée que de faire ses bagages, quand on n'a pas envie de partir ! Je devrais pourtant être contente de passer l'été à Burano et de travailler au restaurant de Toni. Mais je n'arrive pas à refaire surface, je suis tout le temps fatiguée. Je n'ai pas eu de nouvelles de Thomas. Le contraire eût été surprenant. Stella l'a rencontré l'autre jour dans le parc de Frederiksberg, où il faisait son jogging. Avec Amanda.

Il lui a dit qu'il partait en Chine. En CHINE ! Il a été choisi pour participer à un championnat de karaté à Pékin. Je n'ai même pas demandé à Stella si Amanda y allait aussi. Ça va de soi.

– Loulou, tu aurais dû voir sa tête quand je lui ai raconté que tu passais l'été à Venise. Il est devenu tout pâle !

Cela m'a fait un peu plaisir, même si je soupçonne Stella d'avoir inventé ça parce qu'elle a pitié de moi.

J'ai encore fait le même cauchemar, mais deux fois seulement. Il m'a terrifiée. Thomas n'y était aucune des deux fois. Peut-être que mon inconscient l'a déjà effacé ?

Demain, c'est le départ. Accoudée au balcon, je regarde l'avenue Frederiksberg. Je vais même rater la fête de la Saint-Jean ! Il fait un temps splendide et, selon la météo, ces températures estivales vont durer.

Il est presque huit heures du soir, il fait encore bon dehors et le soleil n'est pas couché.

Je respire profondément pour me remplir les poumons de l'été danois.

J'aime le parfum des barbecues mêlé à l'odeur de pollution. À observer la rue, on se croirait dans une ville du Sud : les gens parlent fort, rient, et en arrière-fond on entend un tube d'été et le ronron lent et monotone des voitures. C'est comme si tout marchait au ralenti.

Mais je suis triste. Et j'ai le cœur gros. Aucune envie de partir.

J'ai vraiment essayé d'envoyer plein de pensées positives dans l'univers, comme ils le recommandent dans le livre que j'ai lu, mais Thomas n'a toujours pas appelé. Il faut croire que de mauvaises vibrations ont troublé la communication universelle.

Soudain je crois reconnaître *Mad World*, la chanson préférée de Thomas tirée de son film culte *Donnie Darko.* Pas étonnant qu'il adore ce film : Donnie Darko est presque sa copie conforme. À moins que ce soit l'inverse. J'espère malgré tout qu'il ne va pas finir avec un moteur d'avion dans la tête comme Donnie. J'ai toute la bande originale du film sur mon iPod, c'est Thomas qui me l'a téléchargée.

Y a-t-il vraiment quelqu'un qui écoute *Mad World*, ou est-ce que c'est dans ma tête ?

And I find it kind of funny
I find it kind of sad
The dreams in which I'm dying
Are the best I've ever had
And I find it hard to tell you
I find it hard to take
When people run in circles
It's a very, very… mad world… mad world[1]…

---

1. « Je trouve ça bizarre
Je trouve ça triste
Les rêves où je meurs
Sont les plus beaux que j'aie jamais faits
Et j'ai du mal à te le dire
J'ai du mal à accepter
Que les gens tournent en rond
C'est un monde très, très fou… très fou… »

– Tu as bien pris ton passeport et ta carte Visa ?

Rien de tel pour redescendre sur terre. C'est ma mère qui m'a rejointe sur le balcon. Les joues rouges, elle tient un verre de vin blanc à la main.

– Et tu es sûre que tu te souviens du code ?

Je hoche la tête. C'est ma première carte de crédit et j'ai facilement mémorisé le code : 2106. Il m'a suffi de penser au bombardement de l'École française[1] – le 21 mars – et à l'anniversaire de Thomas le 6 août... que nous ne fêterons pas ensemble cette année. Moi qui avais imaginé qu'on organiserait un truc spécial ce jour-là. Quelque chose qui lui aurait fait particulièrement plaisir. Mais il sera sans doute avec Amanda.

Ma mère m'embrasse sur la joue. Elle a les larmes aux yeux. Elle devient toujours sentimentale après quelques verres de vin blanc.

– Ça me fait tout drôle de t'envoyer seule à l'étranger. Tu me promets de bien faire attention à toi, hein ?

– Mais oui, qu'est-ce que tu crois ?

– Tu es contente ?

Je hausse les épaules.

– Tu es un peu nerveuse ?

– Peut-être.

– Ça te rend triste ?

1. Voir le roman *À la folie*, paru dans la même collection.

Je hoche la tête. Impossible de répondre, j'ai une boule dans la gorge.

Elle me fait un câlin.

– Je sais, Loulou, que ce n'est pas facile pour toi, me chuchote-t-elle dans l'oreille. Tu n'as pas pu lui parler du tout ?

Je secoue la tête.

Puis j'appuie mon visage contre son épaule et me retiens de sangloter.

Elle me serre contre elle sans rien dire. Nous restons ainsi, jusqu'à ce que je murmure :

– Maman, ton vin blanc...

– Oui, eh bien ?

– Tu es en train de me le renverser dans le cou...

La nuit, je rêve de lui. Je passe une main dans ses cheveux, effleure avec l'index sa pommette, sa mâchoire, son menton, ses lèvres, remonte l'arête de son nez, contourne ses yeux. Il cligne les paupières, ses yeux brillent, soudain son œil bleu devient gris, puis son œil vert. Tout son visage se brouille, c'est comme s'il se dissolvait, comme si tout Thomas disparaissait entre mes mains, me laissant seule dans un endroit froid et humide, entourée de grands bancs de brouillard. Dans le lointain, on entend des cloches d'église et des chuchotements.

Je me réveille grelottant de froid. J'ai peur. Je scrute l'obscurité, tout en murmurant son prénom. Pourquoi je fais ce rêve-là ? Est-ce un avertissement ? Ou seulement le signe que je suis en train de le perdre ?

C'est un choc quand je reçois un SMS :

Prends soin de toi, Loulou, It's a mad world !

9

Je suis en route.

Triste et fatiguée. Naturellement, je n'ai pas fermé l'œil de la nuit.

Mes parents me conduisent à l'aéroport. Aujourd'hui, Julia fait une sortie à Bakken, le parc d'attractions de Copenhague, avec sa classe, alors je lui ai dit au revoir à la maison. Je l'ai serrée très fort contre moi jusqu'à ce qu'elle me chuchote :

– Tu verras, ça va aller, Loulou.

Mais ça ne va pas du tout. Ce sera mon premier été sans elle.

Mon père traverse toute la ville, coude à la fenêtre, vitre baissée. Il a retroussé la manche de sa chemise, dévoilant ainsi son tatouage : un grand cœur rouge encadré de fleurs avec écrit en dessous : *Anette per sempre*, Anette pour toujours.

Ça me fait drôle de penser que mes parents ont un jour été jeunes et amoureux. Surtout quand je regarde dans le rétroviseur *Anette-per-sempre,* assise à l'arrière, immobile, le regard vide.

Devant le pont basculant de Langebro, je me retiens de crier : *Désolée, mais je ne veux plus partir* !

Le soleil se reflète dans les eaux parfaitement calmes, une foule profite de l'été qui s'annonce en se promenant dans le port et sur les quais de Islands Brygge. Un type saute du plongeoir de cinq mètres et fait une double vrille avant de toucher la surface.

Thomas aussi sait le faire...

En plus, il y a des travaux sur le pont.

J'adore l'odeur du bitume chaud qui se mêle aux parfums de l'été.

Je suis mélancolique. Pas seulement à cause de Thomas, mais aussi parce que je quitte ma ville et mon pays pour tout l'été.

À l'aéroport, dans la longue queue pour l'enregistrement des bagages, mon père n'arrête pas de me faire des recommandations. Ma mère continue de garder le silence.

– Rappelle-toi, Loulou, qu'en haut de l'escalator tu as d'abord le contrôle des passeports, puis celui de la sécurité. Tu es sûre de ne rien avoir de coupant dans ton bagage à main ? Rien de liquide non plus ? De l'eau, du parfum ?

– Non, papa !

– Bon, et une fois que tu seras dans le hall de transit, regarde bien les tableaux d'affichage. Tu connais ton numéro de vol, n'est-ce pas ? Comme ça, tu sauras quand tu dois aller à la porte d'embarquement. Surveille ton bagage à main, surtout. Et ton passeport. Et ta carte d'embarquement, sinon on ne te laissera pas monter dans l'avion ! Et fais attention aux pickpockets, il y a plein de bandes d'Europe de l'Est en ce moment.

Il ne peut pas s'empêcher de continuer sur ce registre, jusqu'à ce que ma mère intervienne enfin pour lui rappeler que je n'ai plus cinq ans. Elle me serre dans ses bras, me prie instamment de faire attention à moi et d'envoyer un SMS dès que j'aurai atterri.

Ah, les parents !

Mais une fois dans l'escalator avec mon bagage à main, tandis que je m'éloigne d'eux et prends conscience que je me retrouve désormais toute seule, une terrible angoisse me saisit : et si je ne devais plus jamais les revoir... Et Julia non plus ?

10

Une fois que j'ai passé le contrôle des passeports et la sécurité, et que j'arrive au *duty free* de l'aéroport, je me sens malgré tout portée par un élan. J'ai la sensation agréable de prendre ma vie en main.

Je garde un œil sur mon argent, mon passeport, ma carte d'embarquement. Ce n'est quand même pas sorcier ! Les dangereuses bandes de pickpockets venues d'Europe de l'Est ont apparemment pris leur jour de congé. Je me débrouille sans problème avec les panneaux d'affichage et j'arrive en avance devant la porte d'embarquement, avec le sentiment d'être une citoyenne du monde.

Dans l'avion, je me retrouve assise au milieu, à côté d'une grosse bonne femme qui sent la transpiration et souffre de claustrophobie. J'aurais dû avoir la place près du couloir, mais elle a piqué une crise quand elle a vu où se trouvait son siège. Elle a affirmé qu'elle serait malade comme un chien, elle s'est mise à avoir des palpitations, bref, elle a expliqué qu'elle risquait d'avoir un arrêt cardiaque si nous n'échangions pas nos places. D'ailleurs ses jambes allaient gonfler (à se demander comment c'était possible) si elle ne pouvait pas se les dégourdir en faisant quelques pas de temps en temps. Bon, j'ai donc eu droit au siège du milieu. Et de l'autre côté, à la place près du hublot, il y a une blonde peroxydée, plus toute jeune même si elle ne semble pas s'en être rendu compte. Comme elle n'a pas non plus remarqué qu'elle a de petits poils qui lui poussent sur le menton.

Pendant qu'on attend le décollage, je suis tout à coup prise de panique à l'idée de voler. Tout ce que j'ai lu sur les accidents d'avion, toutes les images horribles de catastrophes aériennes me reviennent en mémoire. On m'a parlé récemment d'un Airbus 380, un des plus gros avions du monde, qui avait perdu un moteur. Si un avion aussi sophistiqué peut subir un tel dommage, mieux vaut ne pas imaginer ce qui pourrait arriver à un avion *low cost* comme le mien… Est-ce que les pilotes sont vraiment compétents ? Vu le prix des billets, la compagnie n'a peut-être pas les moyens d'embaucher les meilleurs ?

Mon Dieu, si jamais l'avion s'écrase… Est-ce que je vais devoir me cramponner aux mains de ces deux bonnes femmes quand l'avion piquera du nez ?

Je prends mon portable. Autant envoyer tout de suite quelques SMS. J'écris simplement :

Je t'aime.

Et j'envoie ce message à ma mère, à mon père, à Julia. J'hésite pour Stella. J'ai envie de l'envoyer à Thomas, mais ce serait trop ridicule.

J'aimerais quand même bien lui écrire quelque chose. Je n'ai pas su quoi répondre au SMS de cette nuit.

Je n'ai pas plus d'idées maintenant. Je cherche un truc un peu original et pas trop niais.

Il a cité la bande originale de Donnie Darko avec *Mad World*. Qu'y a-t-il d'autre sur cet album ? Joy Division, *Love will tear us apart...* J'écris cette phrase.

Non, c'est trop sentimental. Trop bête. J'efface.

Under the Milky Way ? Non. *Stay* ? Non. *The Killing Moon* ? Ça ne veut rien dire.

Je regarde la barbe au menton de ma voisine de gauche et j'entends l'autre bonne femme, la claustrophobe, soupirer profondément. Je vais écrire un dernier message à Thomas. Quelque chose de solennel, mais pas trop...

– Je vous prie d'éteindre votre téléphone portable.

Une hôtesse de l'air d'un certain âge se penche au-dessus de la dame claustro qui commence à gémir. Elle lui adresse un sourire réconfortant.

J'éteins mon portable. Thomas n'aura pas droit à un dernier message de moi.

C'est peut-être aussi bien. J'espère qu'il va souffrir, qu'il sera envahi de honte et de culpabilité. Peut-être qu'il apportera des roses rouges à mon enterrement ? Et s'il ne venait pas ?

J'envoie des prières à l'univers. Je n'ai aucune envie de m'écraser en aussi mauvaise compagnie !

L'avion met les pleins gaz sur la piste de décollage, le bruit est infernal, tous les passagers sont secoués. La dame claustro tient déjà un sac plastique devant sa bouche et l'autre au hublot a enfin découvert ses poils au menton, qu'elle tripote tout en regardant dans le vide.

Au secours ! Je ne veux pas mouriiiiiir…

11

J'ai survécu au voyage en avion. J'attends l'arrivée des bagages. Ça met une éternité. Pourquoi les Italiens sont-ils si peu pressés ?

À côté de moi se tient un moine. Sa présence me paraît incongrue dans un aéroport moderne. Il est là, dans sa robe de bure, comme s'il était en transit – vers une autre époque, un autre temps, un autre lieu.

Un court instant, je croise son regard et je me fais la réflexion qu'il est assez jeune. Et plutôt pas mal. J'esquisse un vague sourire, mais il ne me répond pas. Il semble être dans son monde à lui, comme s'il sortait de transe. Je le laisse tranquille et je cherche ma valise sur le tapis roulant. Enfin, la voilà !

Une fois dans le hall d'arrivée avec toutes mes affaires, je tente d'apercevoir oncle Toni. Une petite silhouette rondouillarde. C'est une chose de prendre l'avion seule pour Venise, mais c'en est une autre d'aller de *l'aeroporto Marco Polo* à Burano ! J'avoue ne pas avoir envisagé une seconde d'avoir à me débrouiller seule.

Le temps passe. Tous les passagers de mon vol sont déjà partis ou discutent avec leurs familles qui les attendaient impatiemment. Mais pas d'oncle Toni en vue.

Je sors mon portable et m'apprête à l'appeler quand j'entends une voix :

– Loulou ! *Ciao bella* !

Je me retourne et j'aperçois Fabio qui arrive au pas de course. Fabio, le serveur du restaurant de Toni ! Il me fait de grands signes des bras. C'est à peine si je le reconnais. Peut-être parce que le temps a passé. Ou peut-être parce que je l'ai toujours vu dans sa tenue de serveur, qui lui donne un air démodé. Aujourd'hui, c'est un tout autre homme. Ses cheveux châtains aux reflets roux sont beaucoup plus longs que dans mon souvenir. Il porte un tee-shirt bleu délavé et un jean avec des tongs vertes.

Fabio est le Vénitien type : cheveux d'un roux si particulier, teint mat et yeux bleu clair. J'entends encore mon père : « Chez les Vénitiens, on retrouve l'héritage génétique des montagnards du nord, qui après la chute de l'Empire romain ont déferlé dans les plaines et ont conquis les villes et les femmes le long de la mer Adriatique... »

Fabio m'embrasse. Dans le style italien : un baiser ultraléger sur chaque joue, en effleurant à peine la peau.

– *Ciao bella. Come stai ? Mi dispiace ma...*

Et il continue à jacasser en italien. Je ne saisis pas un mot. Apparemment, il s'imagine que je suis bilingue. Bon, je connais quelques mots, quelques expressions, mais c'est tout. Et j'aurais dû réviser avant de venir. En tout cas, je me rappelle comment on dit qu'on ne comprend rien.

– Stop. *Io non capisco niente* !

Et je lui demande de passer à l'anglais.

Il se débrouille assez bien en anglais, malgré son fort accent italien. C'est mignon, j'adore quand les Italiens parlent anglais.

Il sourit et m'explique longuement pourquoi il est arrivé en retard. Oncle Toni était trop débordé au restaurant pour venir me chercher lui-même. Fabio a eu du mal à faire démarrer son bateau, puis, l'accès à l'aéroport étant bloqué, il a dû laisser son bateau sur l'île de Murano. Ensuite, il a raté le vaporetto pour l'aéroport, et ainsi de suite. Ça m'amuse de le regarder gesticuler en égrenant les excuses.

Il insiste pour porter mes bagages jusqu'au vaporetto. C'est assez loin, mais il parle et me sourit tout le temps. Il m'explique que nous allons d'abord à Murano en vaporetto et que, de là, nous prendrons son bateau pour Burano, l'île des pêcheurs. Burano n'est qu'une petite île où vont peu de vaporetti.

Une fois à bord de ce « bus sur l'eau » qui glisse avec élégance sur la lagune vénitienne, Fabio me fait une visite guidée et je me dis que finalement l'été sera peut-être moins triste que je pensais.

La mer est verte et tout ce que j'aperçois me ravit. Tout est beau par ici. Les gens autour de moi parlent italien, sentent l'Italie. Ce sera un bel été.

12

Arrivé à Murano, le vaporetto emprunte un petit canal, où le bateau de Fabio est amarré. Disons que c'est plutôt une vieille barque avec un moteur de hors-bord disproportionné. Fabio balance ma valise dedans, me tend la main et me fait descendre élégamment dans le bateau. Ils savent y faire, les Italiens...

Ici, ça sent un mélange de mer, de poisson frais, de friture, de diesel... avec un arrière-fond d'excréments. À moins que ce ne soit de l'eau saumâtre.

Fabio fait démarrer le moteur, qui émet quelques toussotements puis s'éteint.

Il me regarde en souriant.

– *Old shit*, dit-il avec son drôle d'accent.

Il tape sur le moteur, lève les yeux au ciel, fait un signe de croix puis un clin d'œil, rit, et réessaie de démarrer. Avec succès cette fois.

Nous partons vers la lagune. Des gouttes d'eau salée me fouettent le visage.

C'est la fin de l'après-midi et le soleil est bas à l'horizon. Fabio me propose un petit tour de bienvenue dans la lagune vénitienne. C'est assez tentant, surtout avec le soleil couchant, et j'accepte sans hésiter.

J'adore quand les derniers rayons du soleil illuminent Venise, enveloppant la ville et toute la lagune d'une lumière incroyable.

Assis à côté du moteur hors-bord, Fabio gouverne le bateau d'une main experte. Il a l'habitude de la mer et j'ai confiance quand il tient la barre. Nous n'avons pas enfilé nos gilets de sauvetage – mon père serait furieux.

Mon Dieu, mon père ! Et ma mère ! Je me redresse d'un coup et le bateau tangue dangereusement.

– Fais attention, Loulou ! s'écrie Fabio en m'agrippant.

Je remarque qu'il a à l'annulaire gauche une large alliance en argent avec « Foi, espérance et amour » gravé dessus. C'est plutôt cool.

Je hoche la tête. Oui, oui, je vais faire attention ! Je rampe doucement jusqu'à mon grand sac de voyage et cherche fébrilement mon téléphone. Pourquoi je ne le range jamais dans la petite poche qui lui est réservée ?

Fabio me sourit avec indulgence.

Je retourne à ma place, toujours courbée en deux, et je parviens à allumer mon portable sans passer par-dessus bord. Soudain, je suis assaillie par un flot de SMS. Certains sont de l'opérateur réseau italien, les autres de ma mère et de mon père. Des messages courts : *As-tu atterri ? Appelle-nous dès que tu peux ! Tout va bien ?*

J'appelle ma mère.

– Oh, Loulou, c'est toi ? Le voyage s'est bien passé ? Tu vas bien ?

– Oui, tout s'est bien passé. Il y a eu quelques turbulences au-dessus des Alpes, mais j'ai survécu.

– Ha ha ha. Toni est venu te chercher à l'aéroport ?

– Non, c'est Fabio.

– Fabio ? Ah oui, le jeune serveur. Il est mignon, non ?

– Oui. Mais, maman, je suis justement dans le canot de Fabio, on va à Burano. On peut se rappeler plus tard ?

– Bien sûr. Donc tout s'est bien passé à l'aéroport ?

– Mais oui, maman. Je t'entends très mal, je te rappellerai. Embrasse tout le monde...

– Oui, mais...

– Il n'y a presque pas de réseau... Je ne t'entends plus...

Je coupe la communication et regarde Fabio.

– Ah, les mères ! lâché-je en rangeant mon portable dans ma poche.

Inutile de faire encore l'aller-retour jusqu'à mon sac.

Il sourit et secoue la tête.

– Ah, les femmes !

Les femmes ! Je fais aussi partie du lot ?

Nous remontons un petit canal et arrivons au Canal Grande, le plus grand de Venise, l'artère principale. Ici, la circulation est intense : vaporetti, bateaux-taxis, bateaux-poubelles et bateaux de police, tous se faufilent les uns entre les autres. J'aperçois ici et là des canaux plus étroits où de longues gondoles noires transportent des touristes qui visitent la ville. C'est une vision complètement surréaliste.

Il n'y a pas une SEULE voiture. C'est ça qui est extraordinaire. Et puis toutes ces voix qui parlent italien, français, allemand, américain, arabe, chinois. À croire que le monde entier s'est donné rendez-vous à Venise.

Des bateaux nous frôlent et j'entends crier « Fabio ! ». Je ne vois aucun autre bateau privé sur le Canal Grande et j'ai l'impression que nous n'avons pas le droit de circuler ici. En tout cas, Fabio a l'air de s'en moquer royalement.

Il me désigne du doigt les monuments les plus célèbres : le pont du Rialto, le Palazzo Ca' d'Oro et l'imposante église Santa Maria della Salute, construite pour remercier la Vierge Marie d'avoir mis fin aux épidémies de peste après 1630.

Nous nous dirigeons vers la Giudecca et Fabio me montre l'église du Redentore, une autre église bâtie pour célébrer la fin de la peste. Ensuite nous prenons le large, vers la lagune. Fabio me cite avec enthousiasme le nom de toutes les îles que nous croisons, dans son dialecte vénitien si caractéristique :

– San Clemente, Sacca Sessola, Lido di Venezia, Isola Santo Spirito…

Il est fier de sa lagune et ça se comprend. C'est trop beau ici, presque magique. Le soleil se couche et laisse le ciel orangé… ou jaune… ou peut-être doré avec une traînée de rouge. Ça ressemble à un tableau ! Une nuée sombre d'oiseaux volent en formation serrée au-dessus de nous.

Nous passons tout à côté de l'Isola Santo Spirito ; ici, nous sommes seuls. Fabio coupe le moteur, lève la main et annonce :

– *Five minutes… relax* !

On reste à regarder le ciel en écoutant le silence alentour.

« Santo Spirito » désigne le Saint-Esprit, explique Fabio. Pourtant j'ai du mal à voir ce qu'il y a de divin dans cette île qui paraît seulement déserte et abandonnée. Des ruines désolées, et pas grand-chose à part ça. Je préfère regarder le ciel.

– *Musica* ?

– Quoi ?

– Tu veux écouter de la musique ? répète-t-il en anglais.

Je fais oui de la tête. Il branche son iPhone sur de petites enceintes et soudain une vieille chanson de David Bowie résonne dans la lagune – Bowie qui a un œil bleu et un œil vert… comme… Non, je ne veux pas penser à lui.

There's a starman waiting in the sky
He'd like to come and meet us
But he thinks he'd blow our minds
There's a starman waiting in the sky[1]…

J'adore cette chanson, ma mère l'a en 33-tours.

Finalement la musique de Bowie accompagne parfaitement la scène que j'ai sous les yeux : le soleil couchant et la pénombre qui gagne la lagune de Venise.

Nous oublions le temps, les cinq minutes se transforment en dix puis en quinze… Je suis si fatiguée que je savoure le calme, peut-être même que je somnole un peu ? Fabio aussi ? Pendant ce temps-là, on dérive tout doucement avec le courant, et soudain j'aperçois une autre île dont Fabio n'a pas parlé. Je lui demande comment elle s'appelle.

Il se contente de secouer la tête sans me répondre.

– Tu ne sais pas ? insisté-je en la montrant du doigt, au cas où il ne m'aurait pas comprise.

– Poveglia. *It's a bad place*, dit-il.

---

1. « Il y a un homme étoile attendant dans le ciel
Il aimerait venir nous rencontrer
Mais il pense qu'il ferait exploser notre esprit
Il y a un homme étoile attendant dans le ciel… »

Poveglia. Un mauvais endroit ? C'est bizarre de dire un truc pareil. Il est vrai que le lieu n'a rien d'engageant, et qu'il est isolé, loin des autres îles de la lagune. J'aperçois quelques grands bâtiments décrépits et un énorme campanile qui domine toute l'île.

– Qu'est-ce que tu veux dire par « un mauvais endroit » ?

Il secoue la tête.

– *It's haunted*, répond-il brièvement.

Hanté ? Ai-je bien entendu ?

– *It's one of the most haunted places on earth*, chuchote-t-il.

Il plaisante ou quoi ? L'un des endroits les plus hantés du monde ? Ici ? Je ris nerveusement, c'est plus fort que moi quand je ne suis pas sûre de comprendre ce qui se passe.

Mais Fabio ne rit pas, n'esquisse pas même un sourire. Je ne le connais pas bien, alors je ne sais pas trop comment réagir. Je laisse s'éteindre mon rire idiot et lui demande ce qu'il entend par « hanté ».

– Rien, dit-il très vite. On rentre à la maison maintenant.

Il arrête la musique et remet le moteur en marche. Il doit être assez puissant, car le bateau démarre en trombe et repart plein pot. Mais très vite le moteur toussote et finit par caler. Fabio a l'air d'avoir peur.

– C'est à cause des mauvaises vibrations de Poveglia. On est trop près.

Comment ça ?

Il bidouille en vain le moteur. Le crépuscule ne dure pas longtemps en Italie et ce sera bientôt l'heure bleue, celle, entre chien et loup, où la lumière et l'obscurité se mélangent et où toutes les couleurs gagnent en intensité. J'adore ce moment-là.

Tandis que Fabio bataille pour faire redémarrer le moteur, le bateau dérive lentement vers Poveglia. Fabio s'énerve de plus en plus et tire de toutes ses forces sur le starter. Il ne se passe rien. Le moteur a l'air d'avoir rendu l'âme. Nous sommes loin de la circulation intense du Canal Grande : pas un bateau en vue. L'eau n'est plus verte, mais bleu nuit, comme le ciel au-dessus de nous. De l'heure bleue, il ne reste qu'une traînée jaune loin là-bas à l'horizon. Nous sommes là, livrés au courant, sans gilets de sauvetage. Je commence à frissonner.

Fabio sort son téléphone portable.

– *Vaffanculo !* s'énerve-t-il.

Bon, ce mot-là, je le connais bien.

Il me tend son portable, il est mort. Je hausse les épaules et sors le mien de ma poche de pantalon. Mort lui aussi ! Ce n'est pas seulement une histoire de réseau, il est hors service, il ne s'allume même pas. Étrange, car j'avais chargé la batterie au maximum avant de partir de la maison. Et je viens d'appeler mes parents avec !

Je lève les yeux sur Fabio.

– *It's the bad spirits from Poveglia*, dit-il.

– Tu crois vraiment que ce sont les mauvais esprits de Poveglia ? répété-je, sceptique.

Il acquiesce. Au même instant, un hurlement déchire le silence. Ou ce qui, tout du moins, ressemble à un cri poignant !

Fabio tressaille.

Je le regarde, stupéfaite.

– C'était quoi ?

Il secoue la tête et murmure :

– On dit que, lorsqu'on passe au large de Poveglia au crépuscule, on peut entendre les cris des âmes tourmentées.

– Les âmes de qui ?

Il ne répond pas. Si c'est une blague, elle est de mauvais goût. Mais il a l'air d'avoir peur…

Encore un cri. Peut-être celui d'un oiseau, tout simplement !

Fabio sursaute de nouveau. Non, ce n'est pas une plaisanterie. Il a vraiment les jetons. Et la peur est visiblement contagieuse, car moi aussi je commence à m'affoler. Et chez moi la peur engendre la colère.

Pourquoi il m'a entraînée ici dans sa vieille barque avec un moteur pourri ? Et sans gilet de sauvetage, en plus ! S'il y a un responsable dans l'affaire, c'est bien lui !

Soudain, je ne sais pas ce qui me prend : alors que la balade était si romantique il y a encore quelques instants, je lui balance :

– Mais qu'est-ce que tu attends pour faire démarrer ce moteur, bordel ?

Il tire sur la cordelette du starter, le moteur émet de pitoyables toussotements et s'éteint. Il recommence : même chose. Il baisse les bras.

– Essaie encore ! crié-je.

Il tire de toutes ses forces sur la cordelette, trois fois de suite, au point que je crains qu'il ne la casse. Mais la troisième fois est la bonne : le moteur démarre soudain en vrombissant.

– *Finalmente* ! s'exclame Fabio, soulagé.

Je lui souris, je m'en veux de lui avoir parlé un peu durement.

Ses boucles rousses encadrent son visage. Il m'adresse un clin d'œil. Ses yeux sont d'un bleu incroyable !

Une fois que nous sommes à bonne distance de Poveglia, j'entends le bip d'un SMS. Je sors mon portable de ma poche.

Fabio sourit :

– Ça prouve que ça remarche !

Je hoche la tête sans rien dire.

Je lis le texto :

Tu vas bien, Loulou ?

Thomas !

Je sens un frisson glacial me parcourir la colonne vertébrale.

Qu'est-ce qu'il me veut ? Je n'ai aucune envie de lui répondre. Je remets le portable dans ma poche et me retourne pour jeter un dernier regard sur Poveglia. Une nuée d'oiseaux noirs tournoie au-dessus de l'île, puis plonge dans les bancs épais de brouillard avant de disparaître à l'horizon.

J'ai la chair de poule.

13

Le reste du trajet s'effectue en silence. Je frissonne, il fait froid sur l'eau, maintenant que le soleil s'est couché. Le bateau tangue et je commence à m'inquiéter. La mer qui nous entoure est noire à présent et je m'imagine l'effet que ça ferait d'être engloutie par toute cette masse, d'avoir de l'eau dans le nez, dans la bouche, de sentir la pression dans les oreilles et de couler à pic, jusqu'au fond vaseux... J'ai lu un jour l'histoire de deux adolescents qui s'étaient attachés l'un à l'autre et avaient sauté dans la mer. J'ai du mal à comprendre ça.

Je prends une profonde inspiration et, en expirant, je chasse ces sombres pensées.

C'est étrange : c'est au bord du précipice qu'on se rend compte à quel point on tient à la vie.

Et là, dans la pénombre, je distingue enfin le campanile légèrement penché de l'église de Burano. Je pousse un soupir de soulagement, souris à Fabio qui me sourit à son tour.

J'aperçois à présent les vieilles maisons de pêcheurs de différentes couleurs : vertes, jaunes, roses, fuchsia, turquoise, bleu ciel...

Nous entrons dans un étroit chenal. Des deux côtés, des bateaux comme celui de Fabio sont amarrés. Toutes les familles de l'île possèdent leur bateau. Mais personne n'a de voiture ! Un été entier sans voir une voiture, un scooter ou une moto.

Ici, tout est calme, on n'entend que le léger bruit du moteur et des bribes de conversation venant des petites maisons aux fenêtres entrouvertes.

Après quelques minutes, nous atteignons le centre de l'île et Fabio attache son bateau au bout du canal. Nous marchons ensuite jusqu'au restaurant d'oncle Toni.

Juste avant d'arriver, Fabio pose mon sac dans la rue, me serre légèrement dans ses bras et me chuchote à l'oreille :

– Pas la peine de mentionner notre petite excursion... *please.*

Il est adorable quand il parle anglais.

Je hoche la tête.

Puis quelqu'un crie :

– Loulou !

C'est oncle Toni qui nous a aperçus. Et le voilà qui, sur ses jambes courtes et musclées, accourt vers nous.

En s'approchant, il regarde Fabio, lève les sourcils en pointant le doigt sur sa montre.

Puis il dit encore mon prénom et m'embrasse sur les joues et le front. C'est un homme petit et trapu, qui sent le vin blanc, une vieille eau de Cologne et un peu la transpiration. Ce n'est pas désagréable. Il me prend par l'épaule et m'entraîne. Fabio et mon sac se contentent de nous suivre.

On ne chôme pas au restaurant : il y a beaucoup de clients, à l'intérieur comme à l'extérieur. Je reconnais tout de suite le rire rauque de Carla. Elle est très occupée à prendre les commandes d'une grande tablée. Elle ne me voit pas tout de suite.

Carla ne peut renier ses origines scandinaves : elle est blonde, grande, avec des jambes qui n'en finissent pas, et les yeux bleus. Elle a un style nature, un peu garçon manqué, qui lui va bien. Et même si elle est aux trois quarts italienne (son père est italien et sa mère à moitié), et moi seulement un quart (mon père à moitié, ma mère pas du tout), c'est elle qui a hérité du charme scandinave... En tout cas, elle attire tous les regards avec ses cheveux coupés court.

Elle lève les yeux et m'aperçoit, me fait signe avec son carnet de commandes, dit quelque chose en italien à ses clients et court vers moi pour m'embrasser.

– Enfin, te voilà, ma cousine ! Si tu savais comme j'avais hâte de te revoir !

J'adore sa voix grave et son fort accent de Copenhague.

– Moi aussi, dis-je, même si ce n'est pas tout à fait vrai.

Cela dit, ça me fait plaisir de la retrouver.

– On m'attend, mais t'inquiète, on aura le temps de discuter après, lance-t-elle en retournant vite à ses clients.

Et Toni me présente à chacun comme si j'étais l'attraction de la soirée :

– *Piccolina Loulou danese* – la fille de Marco, est-ce qu'elle n'est pas mignonne...

Je devine que *Piccolina* sera mon surnom pour le reste des vacances. Youpi !

Ma grand-mère paternelle, *nonna* Rita, trône au fond du restaurant près de la caisse qu'elle seule a le droit de toucher.

Elle a maigri. À vrai dire, elle n'a jamais été bien grosse et ne correspond pas du tout au cliché de la bonne mamma italienne. Mais, là, c'est un fil de fer. Ses cheveux gris presque blancs sont tout fins et ses traits se sont creusés. Elle a les lèvres maquillées, rouge vif, et me fait un large sourire quand elle me voit. Ses dents sont plus grandes et plus blanches que d'habitude… Mon Dieu, elle porte un dentier maintenant, c'est sûr.

Loulou. Loulou. Encore des baisers. Puis elle me demande en italien comment se porte la famille au Danemark, et je réponds en danois que tout va pour le mieux.

– *Marco, come mi manca Marco, mio figlio* !

Je comprends que son fils lui manque, mais…

– *Nonna*, parle donc danois !

Elle sourit et répond avec un accent à couper au couteau :

– Oui, mais laissé-mi le tempo de m'habitoué…

Et elle continue en italien. Elle dit, je crois, que c'est à moi d'apprendre l'italien. Peu importe, je ne veux pas la contrarier.

– Oui, oui, grand-mère.

Comment peut-elle avoir tout oublié alors qu'elle a vécu quarante ans au Danemark ?

Oncle Toni m'installe à côté de *nonna* Rita, puis m'apporte un énorme verre de Coca-Cola avec des glaçons et la spécialité de la maison : une grande assiette « Délices de la mer ». Je meurs de faim et me jette sur la nourriture.

Pendant que je mange, j'observe la salle de restaurant.

Fabio s'est changé, il a enfilé sa tenue de serveur – pantalon noir, chemise blanche, veste noire – et il ressemble de nouveau au type un peu quelconque dont je me souvenais. Il n'y a que sa coupe de cheveux que je trouve cool.

Ce n'est pas le travail qui manque. Carla et Fabio font sans arrêt des allers et retours pour apporter les additions à *nonna* Rita, qui tape lentement, très lentement même, sur sa caisse. Ils entrent et sortent de la cuisine en courant, avec des assiettes pleines ou vides, et je commence à paniquer à l'idée de ne pas être à la hauteur ; je suis incapable de porter autant d'assiettes à la fois. Ils ont fière allure quand ils se faufilent entre les tables, chargés des plats, des verres, des bouteilles d'eau et de vin. Impressionnant ! Je ne demande pas mieux que d'apprendre, mais je redoute de ne pas y arriver. Toute mon expérience professionnelle se résume à un job chez McDonald's, où j'ai tenu très exactement deux semaines et demie, et à quelques heures de baby-sitting... Je dois avouer, rien de bien glorieux sur un CV.

Je finis mon assiette, puis j'appelle mes parents pour les rassurer. *Nonna* Rita prend le téléphone et entame une longue discussion avec mon père. J'essaie de suivre la conversation, mais j'abandonne vite. Mon italien est lamentable !

Quand je récupère enfin mon portable, je décide d'envoyer un SMS à Thomas. Mais j'écris quoi ? *C'est agréable d'être de nouveau en Italie ? Bon voyage en Chine ? Je suis passée en bateau à côté d'une île fantôme et le moteur s'est arrêté ?* Ou quelque chose du genre : *Qu'est-ce qui nous est arrivé ? Tu me manques.* Soit c'est creux, soit c'est bête. Ce que je voudrais lui dire en vérité, ça ne se résume pas dans un simple SMS...

Fabio arrive pour prendre mon assiette. Notre mésaventure sur l'eau semble lui être complètement sortie de la tête. Il se penche et me chuchote à l'oreille que mes « beaux » yeux brillent et qu'il se réjouit que je passe l'été ici. Il sent bon et j'aime bien ses cheveux.

Finalement, je n'écris pas de SMS...

14

Carla et moi partageons une chambre au-dessus du restaurant.

Accablée de fatigue, je suis soulagée quand nous montons enfin nous coucher.

L'escalier est raide. Sur le palier, Carla ouvre la première porte sur la gauche, tend le bras et lance en imitant une fanfare :

– *Ta... ta...!* Bienvenue au siècle dernier !

J'avoue qu'elle n'a pas tort. On se croirait vraiment revenues un siècle en arrière.

La chambre est vaste et un peu sinistre. Deux grands lits en acajou se font face, en plein milieu de la pièce. Pas de couette, juste un drap, une couverture et un grand oreiller dur, *Italian style.* Aux murs, de vieilles photos en noir et blanc de Burano : des femmes qui, assises dehors, font de la dentelle et des hommes posant à côté de leur bateau de pêche.

Il y a aussi un tableau de la Vierge Marie en prière, avec une gigantesque couronne autour de la tête. Elle a quelque chose d'attirant, je ne saurais dire quoi.

– Difficile ici de tourner le dos à la religion, s'amuse Carla.

– Effectivement, confirmé-je en souriant.

– C'est *nonna* Rita qui insiste pour le laisser ici. Tu la connais ! Sa chambre est un peu plus loin, à côté des toilettes, mais on ne risque pas de la gêner. Elle est sourde comme un pot, quand elle enlève son appareil auditif.

– Et oncle Toni ?

Elle pointe l'index vers le plafond.

– Il habite toujours dans son petit appartement au-dessus. On ne l'entend jamais.

– Et Fabio ?

– Oh, *Fabio*… ce petit charmeur, il a une chambre près de l'église.

– Très bien, dis-je, et je me rends compte que je rougis un peu.

Je crois que j'aurais mieux fait de ne pas poser la question.

Chacune, à côté de son lit, a une table de nuit avec un napperon en dentelle de Burano et une lampe à l'abat-jour en soie plissée, d'un jaune passé. Mon sac est posé sur le lit de droite, donc je suppose que c'est là que je vais dormir.

De l'autre côté du lit se dresse une armoire ancienne en bois sombre très ouvragé. Au plafond pend un lustre en provenance directe de l'atelier d'un souffleur de verre de l'île de Murano.

Sur le mur face aux fenêtres, il y a un miroir ovale avec un cadre doré en bois sculpté et par terre, en dessous, un vieux téléviseur qu'on aurait dû jeter depuis longtemps.

En dépit des fenêtres ouvertes, il fait une chaleur à crever.

Carla pousse les volets et referme bien les fenêtres. L'obscurité est totale.

– Bouh ! fait-elle en riant. On joue à se faire peur ?

– Hein ?

– Non, c'était pour plaisanter. Tu veux bien allumer la lumière, s'il te plaît, Loulou ?

Je tâtonne dans le noir le long du mur jusqu'à l'interrupteur du lustre, j'appuie plusieurs fois, mais il ne se passe rien.

– Le lustre ne marche pas, il faut allumer les lampes de chevet.

Je continue à tâtonner, atteins la table de nuit et la lampe, mais impossible de trouver l'interrupteur.

– Qu'est-ce que tu fabriques, Loulou ? demande Carla en riant.

– Mais je ne vois rien du tout. On aurait dû allumer *avant* que tu fermes les volets.

– Oh, je voulais m'amuser un peu. Tu as vu comme il fait noir ici ? Bon, l'interrupteur est sur le cordon d'alimentation, cherche.

– Ah, le voilà !

Une faible lumière jaune éclaire la pièce. Je vais aussi allumer la lampe de chevet de Carla.

– On est quand même pas si mal ici, non ?

– Oui, ça va.

Elle saisit une télécommande et je redoute qu'elle ne m'oblige à regarder la télévision italienne, dont les programmes sont souvent assez nuls, mais non, elle met en marche l'air conditionné. Le système est vieux et fait un boucan d'enfer.

– Tu verras, tu t'habitueras au bruit, dit-elle.

Une brise fraîche traverse aussitôt la pièce.

On se regarde, sans rien dire. On va partager cette chambre pendant tout l'été, et on se sent un peu gênées, c'est normal au début.

– Euh… la télévision ne marche pas, annonce Carla en montrant le vieux poste par terre.

– Moi, ça ne me dérange pas.

– Il n'y a pas non plus Internet.

– Je n'ai pas emporté mon ordinateur, alors…

– Moi, j'ai pris mon portable parce que je suis censée préparer un devoir d'histoire pendant que je suis ici. C'est un peu compliqué sans Internet, heureusement que j'ai déjà fait la plupart de mes recherches à la maison, soupire-t-elle.

– Un devoir d'histoire pendant les grandes vacances ! Dis-moi, le niveau du lycée est élevé en Italie ?

– Non, mais officiellement les vacances n'ont pas encore commencé. On m'a autorisée à partir plus tôt à condition que je fasse ce devoir.

– Bon, et ça parle de quoi ?

– De la peste ! Tu sais, la peste noire ! Venise a été très touchée.

– Hum…, dis-je pour éluder le sujet, qui ne m'intéresse pas tellement. Et je fais quoi de mes habits ? demandé-je en prenant mon sac.

– Tu peux utiliser les trois dernières étagères de l'armoire. Je vais dans la salle de bains. Elle est en face de notre chambre, légèrement à droite.

Je me retrouve seule. Autant déballer mes affaires tout de suite. La porte de la grande armoire grince, ça sent un peu le renfermé quand on l'ouvre. Pourvu que mes vêtements ne prennent pas cette odeur…

Il y a largement assez de place avec les trois étagères du bas, Carla a les trois du haut. On voit qu'elle n'est pas une maniaque du rangement. Tant mieux, sinon ça aurait été compliqué de partager l'armoire avec moi.

Je range rapidement mes vêtements. Au fond de mon sac de voyage, il y a une photo de Thomas. Pourquoi l'ai-je emportée ? Je la regarde quelques secondes et cela me fait tressaillir. Alors, je la repose à l'envers et j'envoie balader le sac loin sous le lit en acajou.

J'ai emporté quelques livres. Des romans policiers suédois et norvégiens et un vieux texte italien que ma mère a insisté pour que je lise, le *Décaméron* de Boccace. Et un guide de conversation italien-danois.

Je pose les livres sur la petite table de nuit.

Lorsque Carla revient, je vais dans la salle de bains. Je pense à emporter une serviette, ma trousse de toilette et mes affaires pour la nuit. Je n'ai pas envie de me retrouver les fesses à l'air et en chaussettes devant Carla. On n'est pas si proches que ça. Pas encore, en tout cas.

La salle de bains est vieille et sent un peu l'humidité, mais, côté propreté, il n'y a rien à dire.

Quand je sors dans le couloir sombre, j'ai un choc. Une silhouette se déplace dans le noir. Qui est-ce ?

Le plafonnier s'allume.

C'est ma grand-mère, *nonna* Rita, qui attend son tour.

Ça me fait drôle de la voir en chemise de nuit, avec des bigoudis dans les cheveux, et quand elle sourit ça devient grotesque, car elle a oublié le dentier du haut dans sa chambre.

– Excuse-moi, je ne savais pas que tu attendais !

Elle me fait un sourire édenté et me tapote la joue.

Puis elle dit quelque chose en italien que je ne comprends pas.

Je lui rends son sourire et réponds en danois :

– Bonne nuit, grand-mère, et dors bien ! Je suis heureuse d'être ici.

Elle se tait et me jette un regard interrogateur. Soit elle a oublié tout son danois, soit elle a retiré son appareil auditif.

Toujours souriante, elle entre dans la salle de bains. Deux petites jambes fluettes, telles deux allumettes, dépassent de sa chemise de nuit.

Quand je reviens, Carla est allongée. La tête au pied du lit, comme une Fifi Brindacier qui aurait grandi.

Je me jette sur mon lit et m'allonge aussi. Je fixe le lustre au plafond et écoute le ronronnement de l'air conditionné.

– Vous en avez mis du temps à revenir de l'aéroport ! Il t'a fait faire une balade pour jouer au joli cœur, hein ?

Carla parle fort pour couvrir le bruit de l'air conditionné.

– Pas du tout. C'était un petit tour pour me souhaiter la bienvenue, je réponds.

Elle soupire.

– C'est un truc de drague, Loulou.

– Mais non, Carla, ce n'est pas ce que tu crois.

– Si tu le dis.

– Tu ne serais pas jalouse, par hasard ?

– Peuh !

Le silence s'installe entre nous. Je regarde le lustre, en me demandant si je le trouve beau ou hideux. En fait, ce genre de lustre, ça ne va qu'ici. Ailleurs, c'est vraiment moche. Vert clair, en verre de Murano. *Vert clair* !

– C'est trop bien de parler danois de nouveau. On va tout le temps parler danois !

– Mais j'avais pensé apprendre un peu plus d'italien.

– Pas avec moi, en tout cas ! On va parler DANOIS tout l'été, tu entends ! Et elle crie dans la chambre : *Rødgrøt med fløde* ; *stativ, stakit, kasket. Knyt knuden Knut og Knud knyttede knuden uden at kny*[1].

Ensuite, elle s'étire et soupire :

– Ah, quel bonheur !

Elle est bizarre. Elle l'a toujours été, d'ailleurs.

1. « Bouillie avec de la crème ; étagère, clôture, chapeau. Noue ton nœud, Knud, et Knud noua son nœud sans s'agenouiller. » Équivalent danois de « Un chasseur sachant chasser... ».

– À part ça, tu es contente d'habiter Milan ?

– Oui, ça va… sauf que *tout* au Danemark me manque.

– Comment ça ?

– C'est difficile à expliquer. Sans doute parce que je n'y suis plus. L'Italie, c'est bien, mais le Danemark… ah, j'adore ce petit pays. Peut-être pas le climat, et encore. Une averse comme il y en a là-bas en été serait la bienvenue, non ?

– Oui, ou un long soir d'été, clair, et un feu de camp comme pour la Saint-Jean, dis-je avec un soupir.

– Ah, la Saint-Jean, les longues nuits claires…

Je n'ai plus envie de parler du Danemark et des nuits d'été où le soleil se couche à peine, ça me donne le cafard. Alors je change brutalement de sujet :

– Qu'est-ce que tu sais sur Poveglia ?

– Hein ?

– Poveglia, répété-je en parlant plus fort. Qu'est-ce que tu sais sur Poveglia ?

– Un instant, Loulou.

Elle saisit la télécommande, la dirige vers le système d'air conditionné et l'arrête. Le silence règne dans la pièce.

– Je sais pas mal de trucs, en fait. Quand on fait des recherches sur la peste à Venise, c'est difficile de ne pas parler de Poveglia, *l'île de la mort*.

15

– Poveglia est un des endroits les plus hantés au monde, dit Carla en tournant son visage vers moi. *Si* l'on croit à ce genre de choses, ajoute-t-elle.

Il est tard et je devrais dormir. Mais je suis assise sur le lit de Carla et j'écoute, bouche bée, ce qu'elle me raconte.

– Hanté, comment ça, « hanté » ? chuchoté-je.

– On dit que des âmes errantes y ont élu domicile. Des victimes de la peste et des esprits dérangés qui n'ont jamais trouvé le repos.

Elle replie les jambes, les entoure avec ses bras et pose le menton sur ses genoux.

– Pourquoi tu t'intéresses à Poveglia ?

Je lui raconte ce qui s'est passé quand on a fait un tour dans la lagune.

– Ça m'étonne que ce cher Fabio ait osé naviguer si près de Poveglia.

– Il ne l'a pas fait exprès.

– Peut-être, mais il est complètement parano dès qu'il s'agit de cette île.

– Pourquoi ?

– Parce qu'il... (Elle s'interrompt.)... Je n'ai pas envie de t'en parler, c'est trop privé. Il te le racontera lui-même s'il en a envie.

– Mais je le connais à peine...

– Justement ! Tu as tout l'été pour mieux le connaître, non ?

– Il a eu une réaction assez violente là-bas. Il doit y avoir une raison...

Elle tourne la tête et me regarde fixement.

– Loulou, je ne suis pas du genre à rapporter les secrets des autres !

– Pardon, je respecte ça, évidemment.

Il y a un moment de silence.

– Parle-moi de Poveglia, alors, chuchoté-je.

Elle sourit.

– Beaucoup de gens pensent qu'une malédiction pèse sur Poveglia. Ils sont persuadés que l'île est hantée et qu'il s'y passe toutes sortes d'activités paranormales : des cris, des chuchotements de morts qui reviennent...

Tu sais, ce genre de choses. Des rumeurs de ce type, ça se répand vite...

– Oui, mais pourquoi ?

– Certains affirment que ce sont les victimes des épidémies de la peste qui reviennent hanter les lieux ! Tu es au courant, n'est-ce pas, que Venise a connu plusieurs épidémies de peste ? En 1346, en 1575 et la dernière en 1630. Les gens tombaient comme des mouches, Loulou.

– Ton travail de recherche porte là-dessus, madame le professeur ?

Elle sourit.

– Eh oui ! Ils brûlaient les victimes de la peste là-bas, sur Poveglia. On estime leur nombre à plus de cent cinquante mille. L'île est en grande partie constituée de la cendre de tous ces morts. On retrouve constamment des ossements là-bas.

– Ça fait froid dans le dos, murmuré-je.

Elle approuve et continue :

– Et ce n'est pas encore ça, le pire. Lors de la dernière épidémie de peste, qui a emporté plus d'un tiers de la population de Venise, on a aussi déporté là-bas des vivants ! Ceux qui étaient contaminés ou ceux dont on *croyait* qu'ils l'étaient !

– Pourquoi ?

– Pour éviter la contagion, bien sûr. Poveglia est située à bonne distance du centre de Venise. Alors on a isolé les malades – et les *peut-être* malades – des bien-portants. Enfants, jeunes, vieux, il n'y a eu aucune miséricorde. Ils ont tous été déportés de force sur Poveglia, *l'île de la mort*, par des hommes portant des masques inquiétants. Tu vois ces masques blancs affreux, avec un long nez, qu'on peut acheter dans toutes les boutiques de souvenirs ?

Je hoche la tête.

– Ça date de l'époque où la peste faisait des ravages. On pensait que la maladie se propageait par les airs. C'est pourquoi on a demandé à tous ceux qui avaient affaire à des pestiférés de porter ces masques. On remplissait le nez des masques d'herbes médicinales qui, pensait-on, protégeaient de la contagion. Et l'odeur des herbes couvrait aussi la puanteur des pestiférés.

Carla parle autant avec les mains qu'avec la voix. C'est incroyable comme elle est devenue italienne. Elle a aussi un don inné pour captiver son auditoire. Elle lève à présent la main et frappe l'air.

– Les hommes masqués étaient armés de bâtons qu'ils utilisaient pour pousser les malades et les faire descendre des bateaux, sans toucher leurs corps ni leurs vêtements. La contagion allait à la vitesse de l'éclair. Les déportés ont dû vivre des drames terribles. Ceux qui n'avaient pas la peste en arrivant pouvaient être sûrs à cent pour cent d'être contaminés une fois sur place. Personne ne revenait vivant de cette île ! À l'époque, on entendait réellement les cris d'épouvante des mourants résonner dans toute la lagune !

– Cette île a une histoire atroce ! dis-je.

– Oui, et ce n'est pas tout. L'île a aussi accueilli des fous. On y a construit un hôpital psychiatrique en 1922.

– Un hôpital psychiatrique ?

– Exactement. De nombreux patients, dit-on, voyaient les âmes tourmentées des victimes de la peste et les entendaient murmurer leurs malédictions. Le médecin-chef de l'hôpital a fait des recherches sur ce phénomène et mené toutes sortes d'expériences médicales sur ses patients. La lobotomie, tu sais. Il incisait à travers l'œil et détruisait la partie avant du cerveau des malades. Un psychopathe de première ! Puis il a commencé lui aussi à voir des fantômes et a perdu la raison. Certains pensent qu'il s'est suicidé en sautant du campanile de l'île, d'autres que des patients l'ont poussé dans le vide par vengeance. Après sa mort, les patients ont enfermé son cadavre dans le campanile et ont scellé la porte… C'est du moins ce qu'on raconte.

– Et maintenant ? chuchoté-je.

– Rien. L'hôpital est fermé depuis des décennies. Toute l'île est abandonnée et l'accès en est interdit. Beaucoup de gens affirment qu'on peut encore entendre sonner les cloches là-bas, même s'il n'y en a plus depuis longtemps dans le campanile. *Ding dong…* Et on dit aussi que, si l'on s'approche trop près de l'île en bateau à la tombée de la nuit, on entend les cris des morts. Certains prétendent que *Il Dottore* refuse de laisser partir les âmes tourmentées.

– *Il Dottore* ?

– Oui, le médecin psychopathe, le psychiatre fou ou ce que tu veux. Les gens l'appelaient simplement *Il Dottore di Poveglia*, le docteur de Poveglia. C'est drôle, mais personne ne connaît son vrai nom. Je n'ai pas non plus réussi à l'identifier au cours de mes recherches, mais… avoue que c'est une histoire fascinante, non ? Oh, sans doute rien d'autre qu'une légende…

– Mais on a entendu des cris ! m'écrié-je.

Carla me jette un regard qui me donne l'impression d'être une parfaite idiote.

– Loulou, ne me dis pas que tu as cru entendre les « cris des morts » ? réplique-t-elle en dessinant des guillemets avec ses doigts.

– C'était un son si étrange, lâché-je dans un souffle.

Elle soupire.

– Loulou, la lagune est remplie d'oiseaux qui chantent à tue-tête. La journée, c'est charmant, mais le soir… ça peut faire peur. C'est pareil avec les chats et les renards. On dirait des nourrissons qui crient la nuit.

– D'accord, mais quand même, Carla… Et s'il restait sur place quelque chose de ces énergies, quelque chose de…

– Rien du tout, Loulou. Je ne crois pas à ce genre de trucs. En revanche, ce que je crois, c'est que ça se passe dans la tête des gens. Ils raffolent de ce qui est sombre et mystérieux. Tout est bon pour rompre la monotonie du quotidien. C'est incroyable ce que l'homme est capable d'inventer.

– Je crois malgré tout qu'il y a des choses entre le ciel et la terre qui échappent à la raison, hasardé-je.

– Moi, en tout cas, je ne suis pas comme ça, Loulou ! J'ai un esprit plutôt scientifique. Je crois seulement à ce qu'on peut voir, mesurer, peser, prouver et réfuter. Les malédictions, les fantômes, les anges et les démons… franchement, c'est n'importe quoi !

Je ne sais pas ce que je dois dire. Je n'ai pas envie de passer pour une débile. Pourtant j'aimerais lui raconter mes expériences surnaturelles. Lui parler de Rosa. Et des pouvoirs de Thomas. Mais je ne le fais pas. En partie parce que Thomas et moi nous sommes promis de clore ce chapitre et de ne plus regarder en arrière ; en partie aussi parce qu'elle me prendrait pour une timbrée. Qui croirait qu'une fillette morte m'a rendu visite la nuit dans ma chambre et que mon petit ami – mon ex-petit ami – l'a aidée à passer *dans l'au-delà*, parce qu'il possède des pouvoirs surnaturels ?

– Cela vaudrait le coup de faire un tour à Poveglia pour voir ce qui reste de l'hôpital. Ce devait être des bâtiments très imposants. Ça m'intéresserait pour mon devoir, déclare Carla.

– Je crois qu'il vaut mieux ne pas se mêler de ce genre de choses, dis-je.

Elle me sourit avec indulgence.

– Ne t'inquiète pas, on ne peut pas y aller, c'est interdit. Aucun vaporetto ne s'y arrête et personne ici n'accepterait de nous y emmener.

– Il ne faut pas jouer avec ce genre de forces, Carla.

– Eh, Loulou, détends-toi ! rétorque-t-elle en me tapant légèrement sur l'épaule.

Je ris, mais ce n'est pas sincère.

– Bon, et si on dormait un peu, cousine ?

Je hoche la tête, me lève et vais retrouver mon lit. Elle remet l'air conditionné. Il est tellement bruyant au démarrage que j'en ai des frissons dans le dos.

– Eh, je ne t'ai pas fait peur quand même ?

– Non, non.

Bien sûr que si, elle m'a foutu la frousse !

16

Je fixe le plafond dans l'obscurité. Que fait Thomas en ce moment ? Dort-il ? Pense-t-il à moi ?

Il me manque. Comment vais-je réussir à passer tout un été sans… Non, je ne VEUX pas penser à lui. Il faut que je le sorte de mon esprit !

J'essaie de me concentrer sur la pièce où je me trouve. Mes yeux commencent à s'habituer à l'obscurité et, malgré les volets clos, je parviens à distinguer les contours des meubles massifs.

Carla dort déjà, elle ne ronfle pas, mais j'entends ses inspirations profondes et régulières. L'air conditionné continue à vrombir. Je dois aller aux toilettes, mais je n'ai pas envie de sortir dans le couloir sombre.

Mon oreiller moelleux me manque. J'ai déjà mal à la nuque avec celui-ci. Et puis ces drôles de draps tout raides. Qu'est-ce que je fabrique ici ?

J'ai le mal du pays. La dernière journée de classe, l'été au Danemark, les longues nuits claires d'été, la Saint-Jean, Thomas...

J'ai envie de lui envoyer un SMS... Est-ce que je le fais ? Juste un petit. Peut-être seulement *Bonne nuit, passe un bon été* ou quelque chose dans le genre. Quelque chose d'amical, de simple et d'apaisé. Mais s'il est avec Amanda ? La honte. D'ailleurs, je suis ici maintenant, il est au Danemark et bientôt il partira pour la Chine avec *elle*.

Je ne m'endors pas vraiment. Je reste allongée, tendue, me remémorant les événements passés qui se mélangent, dans des séquences fugitives de rêve : Poveglia, Thomas, Amanda, Fabio, un médecin psychopathe, des oiseaux déchaînés, des cloches d'église, des pestiférés, des fous... Tout ne forme qu'un immense chaos dans ma tête.

Comment trouver le repos ? Chaque fois que je m'endors, mon corps est pris de crampes qui me réveillent aussitôt.

Et voilà que Carla se met à marmonner dans son sommeil. Il ne manquait plus que ça ! C'est de l'italien et je ne comprends rien. Je me recroqueville en position fœtale sous le drap mince. Il fait un froid de canard. C'est à cause de l'air conditionné ! J'allume ma lampe de chevet, me hasarde sur le plancher qui grince pour prendre la télécommande sur la table de nuit de Carla.

Je tâtonne un peu, monte et baisse la température, ça fait un vacarme de tous les diables, mais impossible de trouver le bouton d'arrêt.

Enfin, il est là ! Le silence envahit la pièce et la brise fraîche s'arrête instantanément. Ça fait du bien...

Je m'apprête à regagner mon lit quand soudain Carla m'attrape le poignet et dit :

– *Vai via da me !*

– Excuse-moi, mais j'avais tellement froid que...

Mais elle desserre son emprise, se tourne sur le côté et se rendort.

Vai via da me, cela signifie «Va-t'en, éloigne-toi de moi». Pourquoi m'a-t-elle dit ça ?

Je retourne à mon lit. Je me sens minuscule et je déteste ce sentiment d'angoisse et de solitude qui me gagne à la faveur de la nuit... Ah, si seulement Thomas était avec moi...

17

À un moment ou à un autre, j'ai dû sombrer dans le sommeil, car je suis réveillée par la lumière qui pénètre dans la chambre. D'abord je me sens complètement paumée, je n'ai aucune idée d'où je suis.

Puis j'aperçois Carla. Elle se tient devant le grand miroir ovale, elle a déjà pris sa douche et arrange ses cheveux. Ils sont longs devant et plus courts dans la nuque. Elle glisse des mèches derrière ses oreilles. Ça lui va vraiment bien, moi j'aurais l'air ridicule avec une coupe pareille.

– *Buon giorno*, Loulou, dit-elle tandis que je me redresse dans mon lit. Eh bien, c'est aujourd'hui que tu commences, cousine.

Je m'étire. Elle a ouvert la fenêtre et poussé les volets. Les sons matinaux sur Burano sont complètement différents de ceux auxquels je suis habituée à la maison.

Les Italiens aiment bien s'interpeller d'une fenêtre à l'autre. J'entends le bruit des couverts qui heurtent la porcelaine. Quelqu'un dresse la table en bas, sous la fenêtre, tandis qu'une machine à café tourne sans arrêt. Je perçois aussi le bruit des moteurs de bateaux sur la lagune, sans doute ceux des pêcheurs qui vont chercher le poisson du jour. Sinon, aucun bruit de circulation, c'est génial.

Les cloches de l'église se mettent aussi à sonner, ça pourrait difficilement être plus idyllique.

– Tu as arrêté l'air conditionné pendant la nuit, Loulou ?

– Oui, excuse-moi, j'étais frigorifiée.

Carla sourit.

– Tu as bien dormi ?

– Bof…

– Tu verras, tu t'habitueras à tout ça.

Je fais oui de la tête, je m'étire encore, vais à la fenêtre, m'assieds sur le rebord et jette un coup d'œil dans la rue. Le soleil m'aveugle. Burano fourmille d'activité. Le commerçant en face sort ses marchandises, un jeune homme tire une grosse carriole chargée de produits qu'il a certainement été chercher au port. Tout, absolument tout arrive ici par bateau ! Les boutiques de souvenirs sont sur le point d'ouvrir. Un prêtre déboule en courant de la grande place du marché. Il se dirige vers l'église San Martino, au campanile penché. Carla s'approche à son tour de la fenêtre.

– C'est vraiment *super great* ! m'exclamé-je.

– *Super great* ? répète-t-elle. Tu ne sais plus parler danois, Loulou ?

Je hausse les épaules.

– Écoute les cloches, c'est trop beau, Carla. Un prêtre vient de traverser la place en courant, il va dire la messe du matin ? demandé-je.

– Aucune idée.

– On pourrait peut-être aller à la messe ensemble, un de ces jours, Carla ?

– Jamais de la vie. Je ne remettrai plus jamais les pieds dans une église.

– Pourquoi ?

– Dis-moi, Loulou, tu ne suis pas les infos ? Tous les prêtres ne sont pas des saints, c'est le moins qu'on puisse dire... Écoute, je ne veux rien avoir à faire avec toute cette hypocrisie !

– Tu crois à quoi, alors, Carla ?

– À rien. Je suis athée ! On n'a qu'une vie et il faut la vivre pleinement. On en est responsable, et personne d'autre ! Après, il n'y a rien.

– Comment peux-tu le savoir ?

– Personne ne le sait. C'est ce que je crois, si tu préfères.

Je garde le silence. Elle vient de gâcher mon bel élan matinal. Je me redresse et bâille.

– Ce n'est pas tout, Loulou, mais le travail n'attend pas et tu n'es pas en avance !

Carla est déjà en tenue de travail. Chemisier blanc, jupe noire et ballerines. Elle me montre mon lit.

– Ça, c'est pour toi.

Un chemisier d'un blanc impeccable, qui vient d'être repassé, et une jupe noire, comme celle de Carla. Youpi !

Je prends le chemisier, le tends devant moi pour vérifier s'il n'est pas transparent.

– Qui est Thomas ?

La question me fait l'effet d'un coup de poing dans le ventre.

Je me ressaisis et demande :

– Pourquoi tu me poses cette question ?

– Parce que tu l'as appelé plusieurs fois cette nuit.

Je ne sais pas quoi répondre. C'est terriblement embarrassant.

Elle reste sur le pas de la porte.

– C'est ton petit ami ?

Je regarde intensément les boutons de mon chemisier blanc. Impossible de répondre avec la boule que j'ai dans la gorge.

– C'était mon petit ami, on n'est plus ensemble, expliqué-je d'une voix pâteuse.

– Ça te rend triste ?

– Je n'ai pas envie d'en parler, Carla.

– Pardon, Loulou, tu as raison, ça ne me regarde pas.

– Non, ce n'est pas ça.

– Tu descends ?

– Oui, je vais juste enfiler ma tenue de Mardi gras.

Ça la fait rire.

– On se voit tout à l'heure. Fabio est déjà arrivé, je crois.

Elle me fait un clin d'œil appuyé.

Argh !

18

Il est clair que je suis le maillon faible de l'équipe d'oncle Toni. Tous les autres serveurs ont de l'expérience.

Je me sens assez bête dans ma petite jupe noire et mon chemisier blanc. Je pensais mettre mes Converse noires pour travailler, mais *nonna* Rita et oncle Toni ont opposé leur veto.

Ils ont donc trouvé une paire de vraies chaussures. Je me demande d'où elles sortent. Peut-être que *nonna* Rita les portait à mon âge ? Des chaussures pour dames avec un petit talon conique. Elles sont absolument horribles.

Carla était pliée en deux en me voyant avec et elle a promis de m'emmener un jour au grand marché pour touristes sur la presqu'île du Lido di Jesolo, où elle a acheté ses ballerines pour dix euros.

Pourvu qu'on y aille vite !

Je ne fais pas encore le service. Il faut d'abord que je m'habitue à porter des assiettes. Et, pour ça, je suis nulle. Je me retrouve donc en bas de la hiérarchie, à débarrasser les tables.

Je cafouille avec les assiettes, les verres et les couverts. Mon chemisier blanc est déjà taché de partout.

Heureusement qu'on a trois tenues de travail chacun. Et ce n'est pas nous qui les lavons : tous les matins, le linge sale est envoyé à la blanchisserie.

Toni m'a demandé d'observer comment Carla et Fabio servent les clients. Leur attitude, leurs mimiques, chaque détail. C'est la meilleure façon d'apprendre vite, dit-il. Plus on est sûr de soi, professionnel et charmant, plus les clients sont contents et plus ils sont généreux en pourboires. C'est aussi simple que ça. Bien sûr, il faut aussi que la nourriture soit bonne, mais ça, c'est Roberto et ses commis en cuisine qui s'en chargent.

Il faut se donner sans compter et, qui plus est, avec le sourire. Je dois admettre que Carla, Fabio et oncle Toni excellent à ce jeu.

Moi aussi, je veux y arriver. Alors je souris, je me montre exagérément gentille et prévenante, mais j'ai toujours autant de mal à porter avec élégance plusieurs assiettes chargées de couverts, tout en laissant croire que c'est léger comme une plume.

Je suis définitivement du genre maladroit.

Je suis en train de débarrasser une table après le départ d'un groupe d'Américains en voyage organisé, quand j'entends une voix derrière moi :

– Jolies chaussures !

Je me retourne. C'est Fabio qui s'approche de moi. Je remarque qu'il a les dents du bonheur, et ses yeux bleus me font toujours autant d'effet.

– Loulou, laisse-moi t'aider !

J'adore son accent italien : *Let me halp you* !

Il vient à côté de moi, très près. En effleurant ma taille, il rassemble les assiettes devant moi, puis il me montre comment les porter. Je dois en tenir une dans la paume de la main, les doigts bien écartés, et une autre sur l'avant-bras. Je pousse les restes de nourriture dans la première et après je peux les empiler, affirme-t-il, enlever les restes, empiler, etc. J'ai l'impression d'apprendre un numéro de jonglage. Mais Fabio et Carla y arrivent bien, alors… Il faut pouvoir porter beaucoup d'assiettes remplies, le dos droit, m'explique Fabio en riant tandis qu'il me fait la démonstration. C'est de la technique pure – à moins que ce soit encore une tentative de drague.

Surtout ne rien dire quand il se tient si près de moi. Je sens tout son corps contre le mien, mais lui ne semble rien remarquer. J'essaye de me concentrer sur ces foutues assiettes. Il corrige mes mains, guide mes doigts, tout en tournant mes poignets dans le bon sens… Ce n'est pas aussi facile que ça en a l'air, et je dois faire un gros effort de concentration. Même s'il ne nécessite pas une telle proximité, je dois reconnaître que son « enseignement » n'est pas si mauvais que ça. Je commence à avoir une idée de la manière dont je dois m'y prendre.

J'essaie de mémoriser ces gestes, quand ses lèvres soudain frôlent une de mes oreilles :

– Tu sens bon, Loulou…

Eh, dis donc !

J'ai du mal à respirer. Je fais comme si je n'avais rien entendu et continue de m'exercer avec ces satanées assiettes. Au secours, je fais comment pour m'en sortir ?

Carla vient à ma rescousse. Elle arrive sur le seuil de la porte, une quantité impressionnante d'assiettes sur les bras. On dirait qu'elle se prépare pour un numéro de cirque.

– Fabio, laisse-la !

Il recule.

– J'essaie seulement de l'aider.

Puis il me fait un clin d'œil.

– Excuse-moi, mais c'est à cause de tes chaussures. *Very sexy.*

Puis il va débarrasser une des tables dont il a la responsabilité.

Il me fait marcher ou il me drague vraiment ?

Bon, j'ai au moins appris comment porter correctement des assiettes.

19

Les jours passent à toute vitesse. Je rechigne, mais au fond ça ne me déplaît pas et je progresse de jour en jour. Et plus je travaille, moins je pense à Thomas.

À l'heure de la sieste, Carla essaie d'avancer sur son devoir d'histoire, mais sans grand succès. Je la distrais, ce qui est facile car elle n'a aucune envie de s'y mettre. Elle prétend que c'est trop difficile de travailler sans Internet. L'atmosphère n'est pas propice à la réflexion. À sa place, je serais bien embêtée.

Elle regarde fixement l'ordinateur, tandis que je suis allongée sur mon lit sans rien faire – c'est la sieste...

Elle soupire.

– Je crois que je deviens incollable sur la peste. Teste-moi, Loulou !

Je m'étire et demande avec indolence :

– D'accord. D'où vient la peste et pourquoi a-t-elle décimé tant de peuples ?

Elle redresse le dos et s'éclaircit la voix.

– La peste a été véhiculée par des rats, de gros rats noirs bien gras. En tout cas, ce sont eux qui ont répandu cette maladie originaire d'Asie dans toute l'Europe. En réalité, tout est parti de puces infectées.

– De puces ? dis-je en me grattant soudain la nuque.

– Oui, les puces étaient porteuses de la bactérie de la peste, mais elles-mêmes étaient immunisées. Elles vivaient sur des rats, du sang desquels elles se nourrissaient. Très présents sur les bateaux, ces rats se sont répandus dans le monde entier. Venise était déjà à l'époque une grande ville portuaire internationale, c'est pourquoi elle a été si durement touchée. Les rats malades recherchaient la chaleur, et se glissaient facilement dans les lits de paille où dormaient les hommes. Une seule morsure de puce porteuse de la peste suffisait pour tomber malade et être de ce fait condamné.

Je frissonne, ramène mes jambes sous moi, j'ai l'impression que ça grouille de rats au pied de mon lit. J'ai les rats en horreur.

Et voilà que tout le corps me démange.

– Est-ce que tous ceux qui ont eu la peste sont morts ? demandé-je en me grattant le dos.

– Pas tous, mais presque. Il existe trois types de peste.

Elle m'indique le chiffre trois avec les doigts.

– La peste du sang, dite peste septicémique, est une sorte d'empoisonnement. C'est à elle que la peste doit son surnom de « mort noire ». Les symptômes sont des hémorragies sous la peau, tu sais, de grandes taches noires. Cette forme de peste est mortelle à cent pour cent. Puis il y a la peste pulmonaire, qui se transmet d'homme à homme. Elle provoque de violents vomissements mêlés de sang. On tombe malade quelques heures après la contamination, et l'on meurt au plus tard le lendemain. Enfin il y a la peste bubonique, qui se manifeste par de gros ganglions très douloureux. Si le bubon éclate en l'espace d'une semaine, on a entre dix et quarante pour cent de chances de survivre. Sauf si l'on est envoyé sur Poveglia.

– Il y a quelque chose de profondément malsain avec cette île, Carla.

– Oui, tu peux le dire, admet-elle en fermant son ordinateur portable. Je n'ai plus envie d'étudier, il faut aussi qu'on s'amuse un peu, non ?

Le même soir, Toni nous laisse partir plus tôt. Non pas pour profiter de la vie nocturne de Burano, non. Comme dit Carla, Burano est le plus grand centre de repos du monde. Il suffit de voir la moyenne d'âge des habitants, qui tourne autour de soixante-dix ans, voire plus.

Mais ce soir il y a un match de football et Fabio joue, c'est pour ça que Toni nous a libérées. Le match se déroule sur un terrain en bitume derrière l'église. On y retrouve toute la jeunesse de l'île, c'est-à-dire entre vingt et trente personnes. Les enfants et les vieux sont là aussi, c'est l'événement à ne pas manquer, on dirait.

Fabio est apparemment la grande star du coin. Et il joue bien, indéniablement. Il surclasse tous les autres !

Avant le match, je l'ai vu, un peu à l'écart, porter à ses lèvres l'alliance avec l'inscription « Foi, espérance et amour » et l'embrasser, regarder le clocher de l'église et se signer.

Carla a marmonné :

– Ah, les catholiques ! Comme si Dieu pouvait les aider à remporter un match de foot ! Si Dieu existe vraiment, j'espère qu'il a des choses plus importantes à faire !

Fabio joue avec un serre-tête en cuir pour retenir ses cheveux. Sincèrement, ça lui va plutôt bien.

Je me tiens sur le côté avec Carla. Pour moi, c'est exceptionnel d'assister à un match de foot, un soir d'été en Italie, par une chaleur torride. Pour Carla, je ne sais pas. Cela n'a pas l'air de la passionner. Elle salue des gens dans le public, mais je vois qu'elle a la tête ailleurs.

Il est un peu plus de dix heures du soir, il fait nuit noire, mais le terrain est éclairé par de puissants projecteurs. Cette tache de lumière sur le ciel sombre, avec l'église en toile de fond, a un côté magique. Au bout du terrain, le campanile penché donne l'impression qu'il peut s'écrouler à tout instant.

Le public local suit le match comme s'il s'agissait du championnat d'Italie. Il crie son enthousiasme et fait « Bouh » quand il est déçu. Je trouve ça amusant, mais je vois bien que Carla s'ennuie.

– Que des amateurs… aucun talent, à part Fabio bien sûr. À propos, ton Thomas, il joue au foot ?

– Thomas ?

– Ne prends pas cet air innocent. Tu cries son nom toutes les nuits. Il est toujours dans un coin de ta tête, celui-là, dit-elle en me donnant une petite tape sur le crâne.

– Arrête, je n'ai pas envie de parler de lui.

– D'accord, pardon.

Nous regardons le match.

Carla n'arrête pas de bâiller. Je lui donne un coup de coude.

– C'est quand même chouette de voir Fabio jouer, Carla. Il est vraiment bon.

Elle me regarde, puis elle dit :

– *Been there, done that...*

– Qu'est-ce que tu veux dire ?

– Oh, rien...

Au bout de dix minutes de match, elle m'annonce :

– Je meurs de soif, je vais m'acheter quelque chose à boire.

Elle disparaît et je me retrouve toute seule. Pourvu qu'elle revienne vite ! Ça me fait bizarre d'être là. Je ne fais pas partie de cette communauté. Les gens d'ici sont gentils, tous savent apparemment qui je suis. Ils essayent de me parler, mais je ne comprends rien. Il faut dire que leur dialecte est très particulier. Alors je compte les minutes jusqu'au retour de Carla. Mais où est-elle passée ?

– BUUUT !

Tout le monde crie.

Fabio, le héros local, vient de marquer.

Il la joue modeste, mais je vois bien qu'il jette un coup d'œil dans ma direction pour vérifier si j'ai apprécié sa prestation.

Ah, les hommes !

Et Carla qui ne revient pas. Elle est partie depuis un bon moment. Elle aurait eu le temps de faire au moins dix allers et retours entre ici et le restaurant.

Fabio marque encore un but. Toujours pas de Carla. C'est la mi-temps. Je commence à m'inquiéter sérieusement. Je la cherche des yeux. S'est-elle arrêtée pour parler à quelqu'un ?

Non, je ne la vois nulle part.

On est en pleine deuxième mi-temps et je suis toujours seule. J'ai du mal à rester concentrée. Mais qu'est-ce qu'elle fabrique ? L'équipe de Fabio mène 3-1, leur star vient de faire le coup du chapeau. C'est super, mais moi, il faut que je retrouve ma cousine !

Burano est calme à cette heure-ci. Aucun bruit à part ceux du petit stade. Personne devant l'église. Ça fait même un peu peur. Des chats maigres tournent autour des poubelles remplies à ras bord à la recherche de quelque chose à manger. C'est fou, le nombre de chats errants par ici. Dans la journée, on ne les voit pas, mais le soir... Ils se faufilent partout et me fixent d'un regard qui me met mal à l'aise. J'ai lu que dans l'ancienne Égypte le chat était un animal sacré et qu'on était condamné à mort si l'on en tuait un, même par accident. C'est incroyable ce que les hommes ont pu inventer au nom de la religion !

Je l'appelle :

– Carla ! Carla !

Les vieux bâtiments de la place devant la grande église me renvoient ma voix en écho. Seuls quelques chats réagissent, quittant prudemment les lieux. Ne dit-on pas que les chats ont l'ouïe la plus fine du règne animal ? Ça ne m'étonnerait pas. Ils voient en tout cas six fois mieux qu'un être humain. À quoi me sert de savoir tout cela ? Je n'ai jamais eu de chat et je n'ai pas l'intention d'en avoir !

Je descends vers la mer. J'aperçois un couple assis sur un banc devant la lagune.

Puis je reconnais son rire rauque.

Je l'appelle à nouveau :

– Carla !

Une silhouette sur le banc se retourne :

– C'est toi, Loulou ? Viens nous rejoindre !

Mais qu'est-ce qu'elle fabrique ? Elle est avec qui ?

Je m'approche.

Elle est assise à côté d'un grand type aux épaules larges. Blond avec une queue de cheval, des lunettes de soleil sur le front, un tee-shirt moulant qui met en valeur ses pectoraux et ses gros biceps couverts de tatouages colorés. Il arbore fièrement ses tablettes de chocolat et son bronzage caramel.

– *This is Bob from Chicago*, annonce Carla en me présentant à Monsieur Muscle.

Je hoche poliment la tête et tends une main qu'il prend dans son poing. Il a la gentillesse de ne pas la broyer, mais je vois bien qu'il se retient.

– *Hey, I'm Bob*, dit-il d'une voix grave avec un fort accent américain. *Nice to meet you*.

– *Hey, I'm Loulou*, marmonné-je.

Puis je m'adresse en danois à Carla :

– Tu m'as dit que tu allais juste chercher quelque chose à boire. Je commençais à m'inquiéter, j'ai cru qu'il t'était arrivé quelque chose.

– Qu'il m'était arrivé quelque chose ! Sur Burano ! s'écrie-t-elle en ouvrant les mains pour montrer son incrédulité.

Et cet Américain avec sa masse de muscles, qui lui dit qu'il n'a que de bonnes intentions ? Comment ose-t-elle rester seule avec lui ?

– Pardon, Loulou, je n'ai pas vu le temps passer.

– Pas de problème.

Bob dit que ce qu'il aime en Europe, c'est que tout le monde vient d'un petit pays qui a sa petite langue. Et malgré cela on se parle tous en anglais avec nos accents trop drôles.

Il sourit. Finalement, il n'est pas si effrayant que ça. Il a en tout cas un beau regard.

Carla lui sourit. Elle le drague ou c'est moi qui me fais des idées ?

Elle a une canette de Coca dans la main.

– Loulou, excuse-moi. Tout était fermé et j'avais si soif. Bob est passé avec plein de canettes et m'en a proposé une, alors on s'est mis à discuter…

Bob sourit et dit :

– *In English, please.*

Carla traduit.

Le portable de Bob sonne. Il décroche et discute en anglais. Carla me sourit.

– Bob serait bien pour toi, non ?

– Pour moi ? Comment ça ?

Si c'est ce que je pense, alors c'est un NON massif. Il n'est pas du tout, mais alors pas du tout mon type.

– Bob est chasseur de fantômes !

– Ha-ha, Carla.

– Mais je t'assure, c'est vrai.

– Je te crois : c'est pour ça qu'il a « Casper le petit fantôme » tatoué sur son bras droit ?

– Ça alors, je ne l'ai pas vu.

Je souris.

– Ce que tu peux être naïve, Carla !

Sur le bras droit de Bob, il y a un gros cœur rouge avec marqué *Hope* en travers. Une fusée avec des flammes s'enfonce dans un côté du cœur, et de l'autre ressort un horrible serpent vert. *Nice*, c'est ce qu'on dit dans ces cas-là, non ?

Bob termine sa conversation au téléphone et s'intéresse de nouveau à nous ou, plus exactement, à Carla.

– Vous parlez une langue fascinante, c'est du danois ?

J'acquiesce.

– J'adoooooore l'Europe ! dit-il.

Avec sa grosse voix, on l'entend de loin. C'est bien un Américain !

– Carla !

C'est Fabio qui nous appelle.

Carla lui répond en italien. Je crois qu'elle lui propose de venir nous rejoindre. Elle dit qu'elle est désolée d'avoir raté la fin du match.

Je lis l'admiration dans le regard de Bob. C'est vrai que c'est assez stupéfiant de la voir passer d'une langue à l'autre avec une telle facilité alors qu'elles sont très différentes. Elle en parle couramment trois…

Fabio se dirige vers nous.

Carla chuchote à Bob :

– C'est lui qui a un bateau…

Pourquoi dit-elle cela ?

Fabio arrive en sueur, les cheveux trempés.

– Vous avez gagné ? demandé-je.

Il fait signe que oui et jette un regard à Bob.

Carla fait les présentations. Fabio lui adresse un salut glacial.

Je constate que Bob a perdu de sa belle assurance. Il se lève. Il est immense quand il déplie toute sa carcasse.

Il bredouille qu'il doit aller retrouver un camarade.

Il tend sa grande paluche à Carla et la main de ma cousine disparaît complètement dans la sienne.

– C'était passionnant de parler avec toi ! On se revoit ?

– Tu sais où tu peux me trouver...

Fabio se retourne et s'éloigne. Il fait la tête et on ne peut pas lui en vouloir. Nous n'aurions pas dû partir comme ça du match, alors que c'était pour lui une occasion unique de briller et de montrer tous ses talents.

Je glisse un rapide *Nice to meet you* à Bob, puis je cours rattraper Fabio. Je lui raconte que je ne me suis jamais autant amusée à un match de foot.

Il sourit, puis il passe un bras autour de mon épaule tandis que nous traversons la place de l'église. Je suis troublée : que signifie son geste ? C'est amical ou amoureux ? Et moi, qu'est-ce que je préférerais au fond ?

Tout à coup, quelqu'un l'appelle :

– Fabio !

On se retourne.

– Fabio !

C'est une fille, ou plus exactement une femme, et, à sa façon de me regarder, je comprends qu'il vaut mieux que je m'en aille. La star de Burano a visiblement plusieurs fers au feu…

Je souris et lui lance :

– Eh bien, à demain.

Et je cours jusqu'au restaurant. Suis-je déçue ou soulagée ?

Carla arrive un peu plus tard. Je fais semblant de dormir. Mais je ne peux m'empêcher de repenser à ce qu'elle a dit de Bob.

« Un chasseur de fantômes… » ?

20

Ça se passe beaucoup mieux au restaurant. Disons que j'ai à présent le plus grand respect pour la profession de serveur. Même si je fais de grands progrès, je suis loin d'arriver à la cheville des vrais pros.

Mais je parviens à peu près à porter des assiettes, des verres et des couverts en équilibre ; circuler de manière gracieuse, le dos droit, entre les tables, avec un large sourire aux lèvres. Je fais tomber moins de choses et je suis devenue experte pour débarrasser les tables. Petite satisfaction : j'ai le droit désormais de prendre des commandes quand il y a beaucoup de monde. Mais seulement celles d'étrangers à qui il faut parler anglais.

Les gens ont toujours plein de questions, il faut connaître le menu et la carte des vins sur le bout des doigts, ce qui n'est pas mon cas. Quand je suis à court de réponses, je dis : « Un instant, je vais chercher le patron. »

J'appelle oncle Toni à la rescousse et il leur parle des différents plats avec une telle passion que les clients ont, presque tous, les larmes aux yeux. Il adore cet exercice.

Nous formons vraiment un bon duo, Toni et moi – je crois que ça ne lui déplaît pas de travailler avec une novice comme moi, car ça lui permet de briller, tout en se vantant de ses relations au Danemark. Je le soupçonne d'être assez fier de m'avoir dans son équipe, comme si cela donnait à son restaurant un côté international. Franchement...

J'aime bien oncle Toni. Et j'aime bien ce boulot. On bouge beaucoup, on court presque tout le temps, le rythme est rapide, c'est du sport et je vais être en superforme quand je rentrerai.

Nonna Rita sourit et me dit *bella, bella* tout le temps, tandis qu'elle tape les additions sur sa grosse caisse enregistreuse.

Quant à Fabio... Eh bien, c'est Fabio ! Il me fait des clins d'œil, m'appelle aussi *bella, bella*, me caresse la main de temps en temps et me sourit en me montrant ses dents du bonheur. Il a la gentillesse de m'aider quand il voit que j'ai du mal à garder le rythme. Mais il n'est pas collant comme les premiers jours. Je ne sais toujours pas s'il me drague ou s'il est comme ça avec tout le monde.

Une chose est sûre : il sait y faire avec les femmes. Je vois comme elles le suivent des yeux quand il se faufile entre les tables. Les femmes mûres ne sont pas en reste : il les fixe intensément quand leurs maris regardent ailleurs. Il est limite sans gêne, je trouve.

Mais les clients lui donnent de généreux pourboires. Il faut dire que c'est un bon serveur, il connaît son affaire. Carla aussi est compétente, elle s'active, sourit, travaille dur, mais elle n'est pas au niveau de Fabio. Elle n'a qu'une saison d'été de plus que moi et elle avoue que ce n'est pas grand-chose.

J'imite Fabio et Carla, car j'aimerais bien me faire apprécier des clients, moi aussi. Le salaire est modeste, ce sont surtout les pourboires qui sont censés nous faire vivre. Alors j'y mets du mien, ça permet de moins penser.

Zut, je viens encore de penser à lui. *Va-t'en, Thomas* !

Je n'ai presque plus le mal du pays. D'ailleurs mon père m'a téléphoné pour me dire que l'été danois est bien là : il pleut et aucune vague de chaleur n'est annoncée. Et Thomas est en Chine à l'heure qu'il est… *Thomas, Thomas, Thomas.*

Rien que de l'imaginer là-bas avec Amanda, je vois rouge. *Ah, M. et Mme Karaté* !

Je n'ai pas eu de nouvelles de lui depuis le SMS étrange qu'il m'a envoyé le jour de mon arrivée. Je ne lui ai jamais répondu, mais ce n'est pas une raison…

– Loulou, aide-moi !

C'est Carla. Je me tiens devant la caisse de *nonna* Rita. Carla s'est faufilée derrière moi. Je me retourne :

– Oui, qu'est-ce que je peux faire ?

– Bob !

– Bob ?

– Oui, Bob, l'Américain qu'on a rencontré le soir du match.

– Pardon, que *tu* as rencontré, Carla.

Elle secoue la tête.

– Il est attablé dehors avec un drôle de type, pas très grand, avec une crête de coq incroyable.

– Et ?

Carla se passe la main dans les cheveux.

– Je ne voudrais pas qu'il s'imagine des trucs…

– Pourtant vous aviez l'air de bien vous entendre l'autre soir.

– Je sais, je me demande où j'avais la tête. Il ressemble à un lutteur, et si tu voyais son copain !

Nonna Rita a terminé l'addition. J'emporte la machine pour les cartes de crédit en affichant mon plus beau sourire, car c'est maintenant que se joue mon pourboire.

Bob et son ami attirent tous les regards. Ils détonnent un peu ici. Bob avec sa longue queue de cheval décolorée et son acolyte, un type de petite taille, le parfait geek, avec une crête de coq verte qui ne va pas du tout avec le reste du personnage. Voilà ce qui arrive quand un geek essaie d'avoir l'air cool. Ça rate à tous les coups.

Lorsque Bob lève les yeux, je le salue brièvement.

Puis j'apporte l'addition à mes clients et me concentre pour être la plus charmante possible et grappiller quelques euros de pourboire.

Puis je file en cuisine. J'attends que Roberto dresse deux assiettes « Délices de la mer », lorsque Carla arrive. Elle annonce en soupirant :

– Ils demandent si on veut prendre un verre avec eux, quand on aura terminé.

– C'est gentil, mais non, merci.

– Oh, un seul verre, allez…

– Écoute, Carla, je suis très fatiguée.

– S'il te plaît, Loulou ! Je suis sûre que ces types vont t'intéresser !

– Ah oui ? J'hésite… Le lutteur ou celui avec la crête de coq ?

– Je ne voulais pas dire ça, Loulou.

– Ah bon ? Tu voulais dire quoi, alors ?

Elle se penche vers moi et me chuchote à l'oreille.

– Ce sont des chasseurs de fantômes professionnels !

Des chasseurs de fantômes professionnels ! Ça existe ? Il ne manquait plus que ça !

21

Je n'ai pas le cœur de la laisser tomber.

Donc, quelques heures plus tard, nous sommes assises sur une pelouse face à la mer, avec une bouteille de prosecco que Carla a prise au restaurant. Mais Bob et son ami Matt ne boivent pas une goutte d'alcool. Pour eux, boire un verre se résume à siroter une canette de Coca ! Ce sont de vrais Américains et ils font une consommation effrénée de cette boisson. Ils sont comme shootés au Coca-Cola.

Je ne me suis jamais intéressée au vin, mais j'adore le prosecco d'oncle Toni et surtout cette sensation de légèreté que procurent ses fines bulles. Un verre de prosecco suffit pour me mettre de bonne humeur.

Nous avons proposé à Fabio de se joindre à nous. C'est à peine s'il a daigné nous répondre, et il avait l'air contrarié de nous voir partir. Comme si nous trahissions la trinité que, d'une certaine façon, nous formons depuis le début de l'été. Je ne vois vraiment pas pourquoi il prend les choses de cette façon.

Il fait sombre et le silence règne dans le port. Je trouve que notre conversation ne va nulle part, j'ai du mal à cerner ces deux Américains.

Bob regarde Carla et dit avec son accent américain à couper au couteau :

– *Did you talk to him* ?

Elle secoue la tête.

J'essaie de comprendre.

– Parlé à qui, Carla ?

Elle s'éclaircit la voix, puis déclare :

– Bob et Matt cherchent quelqu'un qui veuille bien les emmener sur Poveglia. Je leur ai dit que Fabio avait un bateau et que, peut-être...

Je l'interromps.

– Tu m'as dit qu'il était complètement parano dès qu'il s'agit de cette île ?

– Oui, mais il n'aurait qu'à les déposer et venir les chercher plus tard. Ils le paieraient bien.

Je secoue la tête, incrédule.

– Et si tu essayais de le convaincre, Loulou ?

– Moi ? Pourquoi je demanderais à Fabio d'emmener deux chasseurs de fantômes américains à Poveglia ?

Carla, je ne m'y risquerais pas, il déteste cet endroit ! Non, je crois qu'il vaut mieux écouter les gens du coin : « Laissez Poveglia tranquille ! »

Carla soupire, puis explique notre petit désaccord à Matt et Bob.

Le silence s'instaure. On entend juste un léger chuintement quand Matt décapsule une nouvelle bouteille d'un demi-litre de Coca. Il boit une gorgée, puis déclare avec une voix beaucoup trop grave pour son corps frêle :

– Je crois que tu n'as pas bien compris, Loulou. Nous ne sommes pas des charlatans.

– Pourquoi tu imagines que je vous prends pour des charlatans ?

Sans me répondre, il reprend une gorgée de Coca et poursuit :

– Vois-tu, nous ne chassons pas des fantômes, mais cherchons à démystifier les phénomènes surnaturels... ou les activités paranormales, si tu préfères.

– Euh... Je ne suis pas sûre de vous suivre, dis-je en buvant une gorgée de prosecco à la bouteille, puisque nous n'avons pas emporté de verres.

C'est au tour de Bob de prendre la parole :

– Nous sommes étudiants, nous étudions la psychologie anomalistique à l'université de Chicago.

Je manque de m'étrangler avec le prosecco et tousse.

– A-no-ma-lis-tique ?

– Oui, la psychologie anomalistique, répète Bob.

– Je n'en ai jamais entendu parler, dis-je d'une voix plus que sceptique. Tu connais ça, toi, Carla ?

– Bien sûr, répond-elle, mais elle n'a pas l'air très convaincue.

– Disons que nous sommes des sceptiques. Nous enquêtons sur les phénomènes surnaturels avec une approche scientifique, explique Bob.

– Oui, nous essayons de trouver des explications logiques, bien réelles, à ce que les gens prennent pour des manifestations paranormales, enchaîne Matt, tout excité. La psychologie, c'est quelque chose qui, comme son nom l'indique, se passe dans la psyché des gens. On pourrait dire que nous étudions l'expérience que les gens font du paranormal.

Bob l'interrompt.

– Toutes les cultures à travers l'histoire de l'humanité ont rapporté des phénomènes surnaturels, mais cela ne veut pas dire qu'ils ont réellement eu lieu. Il s'agit plutôt d'expériences mentales.

– Passionnant, dis-je. Mais pourquoi Poveglia ? Ce n'est quand même pas la porte à côté, quand on habite Chicago.

Matt sourit.

– Parce que Poveglia passe pour être l'un des endroits les plus hantés du monde. Aux États-Unis, on a parlé de Poveglia dans plusieurs programmes de télévision. Tu peux certainement trouver ça sur YouTube. Regarde les émissions *Scariest Places on Earth*[1] et *Ghost Adventures*[2]. Très instructif. Elles cherchent à prouver l'existence de phénomènes surnaturels alors que nous faisons exactement l'inverse : nous voulons contrecarrer ces pseudo-preuves.

Je bois encore une gorgée du prosecco, mais je n'en ai plus tellement envie, alors je passe la bouteille à Carla.

– Vous croyez donc qu'on peut tout expliquer ? demandé-je, un peu déçue.

Matt me regarde, il louche d'un œil. Et puis cette crête de coq pas possible ! Il a vraiment un look bizarre.

– Je n'ai pas dit ça. Nous ne condamnons personne. Nous recherchons simplement des preuves scientifiques et des explications psychologiques à ce qui se passe dans des endroits tels que Poveglia.

Carla hoche la tête, comme si elle était une experte dans ce domaine.

Je ne peux m'empêcher de penser à tout ce que j'ai vécu avec Thomas. À Rosa. Était-elle un ange, une revenante, un fantôme ? Et Thomas est-il un médium, une personne capable de voir et d'entendre ce qui reste

1. « Les lieux les plus effrayants de la Terre ».
2. « Aventures de fantômes ».

imperceptible pour les autres, ou bien était-il seulement très, très malade ?

Mais j'ai moi-même vu Rosa, je l'ai vue marcher vers la lumière et passer de l'autre côté. Je sais qu'il y a quelque chose...

Argh ! Je ne veux plus rien avoir à faire avec tout ça. Et j'ai aussi promis à Thomas de me tenir à distance de ce monde-là.

– Cela semble passionnant comme projet, remarqué-je, mais je ne crois pas que je puisse vous aider. Fabio ne vous emmènera jamais sur Poveglia. Et je n'essaierai pas de le convaincre, parce que je trouve tout simplement que vous devriez laisser les Vénitiens tranquilles avec leurs superstitions.

– Eh, Loulou, on peut quand même les aider. Ils ont fait le voyage depuis les États-Unis.

Je me lève.

– Excusez-moi, mais, si vous voulez vraiment aller sur Poveglia, trouvez quelqu'un d'autre pour vous y emmener. Je refuse d'être mêlée à tout ça.

Matt hoche la tête, ce qui fait balancer sa crête de coq.

– On a demandé à tout le monde. Il n'y a PERSONNE qui accepte de nous y emmener.

– Libre à vous d'interpréter ça comme vous voulez, mais je n'ai pas besoin d'avoir étudié la psychologie *a-no-ma-lis-tique*, pour comprendre qu'il vaut mieux ne pas remuer tout ça.

Matt soupire. Bob m'implore quasiment du regard. Je reste sur mes positions :

– Désolée, mais je ne peux pas vous aider.

– Dis plutôt que tu ne VEUX pas, corrige Carla.

Je me retourne et m'éloigne.

– Tu viens, Carla ?

– Tout à l'heure, tu n'as qu'à partir devant.

Je rentre seule à la maison, d'un pas bien décidé. Je bous intérieurement.

La « psychologie anomalistique » ! Qu'est-ce qu'on ne va pas inventer !

22

Je me réveille lorsque Carla rentre. Zut ! Je dormais bien. Je regarde l'heure sur mon portable : il est presque deux heures et demie.

J'allume ma lampe de chevet et me redresse, tout ensommeillée, sur un coude.

– Tu rentres tard…

– Oh, excuse-moi. Je t'ai réveillée ?

Elle s'assoit sur le bord de mon lit.

– Ils ont un projet de recherches passionnant, tous les deux.

– Carla, ce n'est pas le moment de…

– D'accord, mais ces études de psychologie anomalistique… avoue que c'est assez fou…

– Mmm. Carla, je suis crevée !

– Oui, mais j'aurais aimé que tu les entendes ! Ils ont étudié des événements paranormaux dans le monde entier ou presque, et ils trouvent toujours des explications scientifiques, qu'il s'agisse de télépathie ou de fantômes. Soit il y a des causes factuelles, des illusions d'optique, soit, comme je l'ai toujours dit, cela se passe dans la tête des gens. Ce n'est rien d'autre que de la psychologie, tu sais.

– Écoute, tu m'en parleras demain...

Je bâille à m'en décrocher la mâchoire, car je n'ai aucune envie d'en entendre davantage.

– Mais écoute au moins cette histoire. Ils reviennent d'Angleterre, où ils ont visité une « maison hantée » : les nouveaux habitants se plaignaient d'entendre sans arrêt quelqu'un éternuer. Bob et Matt ont passé là-bas une nuit entière, assis dans un fauteuil, et ils ont clairement entendu des éternuements. Plusieurs fois. Ils ont commencé à douter... jusqu'à ce que Matt découvre que le ventilateur automatique des toilettes se mettait en marche à intervalles réguliers. Il n'y avait aucun doute : les « éternuements » venaient de là.

Elle rit et poursuit :

– Et puis il y a tout ce que les gens s'imaginent. Ce que la psychologie anomalistique appelle les « faux souvenirs ». Tu vois ce que je veux dire ? Les faux souvenirs mélangent tout : les rêves, les choses qu'on a lues quelque part, les films qu'on a vus, les histoires dont on a entendu parler... Au bout d'un moment, certaines personnes n'arrivent plus à démêler le vrai du faux, la réalité de la fiction. L'imagination a un pouvoir vraiment incroyable. Tu sais, tous ces gens qui prétendent avoir été enlevés par des soucoupes volantes ou avoir été Cléopâtre ou Jésus dans une autre vie...

Je hoche la tête.

– Bob et Matt disent que les services psychiatriques du monde entier sont remplis de gens qui se prennent pour la réincarnation de Jésus ! (Ça la fait rire.) Oui, de vrais timbrés... Certains d'entre eux affirment qu'ils souffrent de stigmates, tu sais, les plaies laissées par les clous de la croix sur les mains et les pieds de Jésus.

J'en connais un rayon sur les stigmates, parce qu'on vient d'étudier ça en cours de religion. Alors, quitte à ne pas dormir, autant lui rabattre son caquet !

– Carla, tu mélanges deux choses. Les catholiques qui ont des stigmates ne se prennent pas pour Jésus. Ils revivent juste ses souffrances. Tu as dû entendre parler de Myrna Nazzour, le miracle de Damas ?

– Qui ?

– Myrna Nazzour, une catholique syrienne. Toute la communauté scientifique s'est penchée sur son cas. *Personne* n'a pu trouver d'explication scientifique à ses blessures sur le front, le ventre, les mains et les pieds.

– Non, justement ! Parce qu'on n'a pas pu étudier ce qui se passait dans sa tête. Les stigmates, ce n'est que de la supercherie religieuse ! Encore une fois, c'est incroyable ce dont le cerveau humain est capable. C'est sa foi intense qui provoque tout ça. On dit bien que « la foi déplace les montagnes ».

– Peut-être, mais moi, j'ai vu Myrna Nazzour sur YouTube. C'est vraiment dingue, je t'assure. Je crois qu'il y a certaines choses que la médecine ne peut pas expliquer. C'est le cas des stigmates, par exemple.

– Bob est d'un autre avis. Il existe une maladie qui s'appelle « érythro » quelque chose – je ne me souviens plus –, qui désorganise la circulation sanguine et fait monter la température de la peau au point de provoquer des plaies ouvertes. Il paraît que ça fait affreusement mal. Cela pourrait expliquer l'apparition des stigmates.

– Bon, Carla, dis-je en bâillant. Il est deux heures et demie du matin !

– Ah, si tard que ça ? Mon Dieu, je ne vais jamais réussir à me lever demain.

Elle s'allonge tout habillée sur le lit.

– Carla ?

Elle ne répond pas.

– Carla, tu n'enlèves pas tes vêtements ?

Aucune réaction.

– Tu as le courage d'éteindre la lumière ?

Toujours pas de réponse. Serait-il possible qu'elle dorme déjà ?

Apparemment oui !

Je lui retire doucement ses chaussures, mets la couverture sur elle et éteins la lampe.

En retournant à mon lit, je crois apercevoir quelque chose dans le miroir doré sur le mur du fond. Comme une ombre qui passe.

Ou est-ce que j'ai eu une hallucination ?

Peut-être. Je reste immobile un moment, puis m'approche du miroir. Autant affronter ma peur.

Et je fixe un bon moment mon reflet infiniment las.

23

Les jours suivants, Carla traîne beaucoup avec ses nouveaux amis américains ; visiblement, elle est passionnée par ce qu'ils étudient. À la moindre pause, elle va les rejoindre. Ils ont loué une chambre sur le port. Carla veut que je l'accompagne, mais je n'en ai aucune envie.

La relation entre Fabio et Carla devient difficile : on dirait qu'ils sont fâchés. Je dois avouer que je suis déçue que Carla s'intéresse tant à ces deux Américains un peu fêlés, mais je ne peux pas l'empêcher de fréquenter qui elle veut.

Hier, j'ai surpris une énorme dispute entre Fabio et Carla. Je n'ai pas bien compris de quoi il s'agissait puisqu'ils parlaient italien, mais ils y sont allés fort, tous les deux ! J'ai saisi quelques insultes, et il y en avait !

À la fin, Fabio a crié « *No, no, no !* » suivi d'un « *vaffanculo* » en guise d'adieu.

Peut-être qu'elle lui a demandé d'emmener Matt et Bob sur Poveglia ?

Depuis, Carla et Fabio s'ignorent superbement. Ce qui n'est pas très agréable. Ils ne s'adressent plus la parole. Ils évitent tout regard et tout contact physique. Ils font de grands détours pour ne pas se croiser au restaurant : c'est d'un ridicule… Mais cela me rend triste. J'aimais bien quand on passait du temps tous les trois.

Comme Carla ne quitte plus Bob et Matt, Fabio et moi nous retrouvons, pour ainsi dire, jetés dans les bras l'un de l'autre.

Il m'a proposé d'aller à Torcello ce soir, après le service. Torcello est une petite île située juste au-dessus de Burano, à quelques minutes de bateau. C'est désert, le soir.

C'est la pleine lune, ça doit être fantastique d'observer tranquillement le ciel étoilé, tandis que toute l'île baigne dans l'éclat de la lune.

– On demande à Carla si elle veut venir avec nous ? hasardé-je.

Il se contente de hausser les épaules et fait une grimace de mépris.

– Demande-lui toujours…

Elle n'a pas envie. Évidemment. Elle préfère jouer à l'intellectuelle avec Bob et Matt. J'ai bien vu les regards que lui décoche Bob-le-Lutteur. On n'a pas besoin de savoir lire dans les pensées pour comprendre ce qui se passe dans sa tête.

J'espère quand même qu'il ne lui plaît pas !

Mais pas question de me morfondre seule dans la chambre tandis que Carla s'amuse avec les Américains. Alors j'accepte la proposition de balade de minuit de Fabio.

Dès que nous avons terminé le service, Fabio et moi partons à Torcello à bord de son petit bateau. Ce n'est pas très agréable de naviguer le soir. Malgré la lumière de la pleine lune, il plane quelque chose d'inquiétant dans l'air. Carla et ses nouveaux amis pourraient s'en donner à cœur joie avec leur psychologie à la noix...

Les vaporetti pour Torcello s'arrêtent à huit heures du soir ; autant dire qu'il n'y a guère de touristes. Que feraient-ils ici, d'ailleurs ? Et *nous*, qu'est-ce que nous sommes venus y faire ?

L'île est calme, très calme. Mais ce silence, j'excelle à le gâcher : je suis un vrai moulin à paroles. Je jacasse sans arrêt, comme toujours quand je me sens mal à l'aise. Comme dit mon père, je ne peux pas « la mettre en veilleuse ».

C'est fou le nombre de banalités que je suis capable de sortir en un temps record ! Sur les films que j'ai vus, les livres que j'ai lus, la nourriture que j'ai mangée, les endroits où j'ai été, les rêves que j'ai faits... Un flot ininterrompu de paroles !

Fabio sourit simplement et dit « oui » et « non » de temps en temps, mais sinon il est muet comme une tombe.

Nous marchons côte à côte sur un sentier désert. Il n'essaie pas de me prendre la main ni quoi que ce soit. Nous marchons simplement, je parle et il hoche la tête.

Il s'arrête devant un petit pont puis prend – enfin ! – la parole :

– On l'appelle *Ponte del Diavolo* – le pont du Diable.

– Pourquoi ce nom ?

– Parce que le diable l'emprunte chaque nuit. Il attend sept âmes innocentes d'enfants.

– Ah bon ? Et pourquoi ?

Fabio me raconte alors l'histoire d'une jeune Vénitienne tombée amoureuse d'un Autrichien. C'était un amour interdit, aussi la famille fit-elle assassiner le jeune amant. De douleur, la jeune femme, à deux doigts de perdre la raison, alla trouver une magicienne pour qu'elle lui organise un rendez-vous avec le diable ici, sur le pont.

Le diable promit de ressusciter le jeune homme, après quoi la jeune femme devrait lui procurer les âmes de sept enfants innocents avant que sept jours soient écoulés. La jeune femme désespérée conclut le pacte avec le diable.

Ils se retrouvèrent la nuit même près du pont. La femme attendait sur une rive avec la magicienne, tandis que le diable se tenait de l'autre côté avec le jeune homme ressuscité. Les deux amants se précipitèrent l'un vers l'autre, se rencontrèrent au milieu du pont et s'enfuirent loin, très loin de Torcello. Mais la jeune femme mourut peu après et ne put honorer le pacte conclu avec le diable.

On raconte que, tous les soirs, le diable apparaît de l'autre côté du pont et attend les âmes innocentes des enfants.

J'adore les histoires de ce genre, et elles ne me font même pas frissonner. Puisque je crois qu'il y a beaucoup de choses qui nous échappent. Cela dit, je ne gobe pas n'importe quel bobard non plus !

– Tu veux qu'on essaie de voir passer le diable cette nuit, Loulou ?

– Oui, si tu n'as pas peur.

– Ce n'est qu'un tout petit diable, dit-il avec un sourire.

Et voilà qu'il me prend la main et m'entraîne vers le pont. Il est minuscule, n'a même pas de rambarde. Nous nous asseyons au milieu et laissons pendouiller nos jambes.

Je continue à parler, je n'arrive pas à m'arrêter.

Ça le fait sourire. Il saisit un caillou de sa main libre (l'autre presse toujours la mienne) et le jette dans l'eau.

Plop – ça fait des ronds à la surface.

J'observe les cercles concentriques en me demandant comment meubler le silence. Puis je fais ce que je m'étais promis de ne pas faire. Ah, je déteste ça, quand une phrase que je ne dois PAS dire passe malgré moi le seuil de mes lèvres…

– Fabio, pourquoi tu as peur de Poveglia ?

Il ne répond pas.

– Qu'est-ce qu'elle a, cette île ? répété-je.

– Tu le sais parfaitement. Elle est hantée.

– Oui, mais toi, il t'est arrivé un truc là-bas ?

Il secoue la tête.

– Est-ce que Carla t'a dit quelque chose ?

– Non, qu'est-ce qu'elle aurait dû me dire ?

– Rien, Loulou. Je n'ai pas envie de parler de Poveglia maintenant.

– OK. Excuse-moi de t'avoir posé la question.

– Pas de problème.

Le silence s'instaure. Un silence que je romps encore une fois avec une question stupide :

– C'est quoi, ton rêve dans la vie, Fabio ?

Il sourit.

– En voilà une question ! Je ne sais pas ce que je dois répondre.

– Tu as des rêves ?

– Je n'ai même que ça !

– Mais alors…

– Chut ! Tu entends ?

Je me tais. Le silence est total.

– Je n'entends rien, Fabio.

– Justement. Écoute le silence. Laisse-le envahir ton corps.

– Oui, mais…

– Chut !

Je reste aussi immobile qu'une souris.

Il en va du silence comme de l'obscurité. Une fois qu'on s'y habitue, on perçoit différentes nuances. Un oiseau qui crie, une respiration lourde, le coassement d'une grenouille, le chant d'une cigale, un vaporetto au loin, un…

– Qu'est-ce que c'était ?

On aurait dit un bruissement dans les fourrés de l'autre côté du pont.

– Tu as entendu ? chuchoté-je.

– Chut !

Fabio se lève doucement et traverse le pont. Je retiens mon souffle, je sens un ouragan se lever dans ma poitrine.

Toujours ce bruit.

Quelque chose bouge dans les fourrés, et puis il y a ce souffle lourd…

À présent, Fabio se tient immobile, aux aguets. Je me lève et le rejoins. Je prends sa main et ne bouge plus. J'ose à peine respirer. Un nuage passe devant la lune et il fait soudain nuit noire. Nous fixons tous les deux un buisson sombre et j'ai vraiment l'impression que quelqu'un ou quelque chose nous guette. Je repense à l'histoire de cette malheureuse qui doit toujours au diable sept âmes innocentes d'enfants…

Non, il faut que je me ressaisisse ! Le diable ne peut quand même pas être tapi dans le buisson, prêt à nous prendre nos âmes !

Un cri étrange retentit.

Je sursaute et recule d'un bond, entraînant Fabio.

Il y a un incroyable remue-ménage dans le taillis, et ce qui était là détale à toute vitesse. Je manque d'air.

Fabio se retourne, m'entoure de ses bras et m'attire vers lui. Et il se met à rire. Tout son corps est pris d'un fou rire.

– Du calme, Loulou, ce n'était qu'un chat !

– Dans ce cas, il devait être gros, balbutié-je, la tête contre son torse.

Je sens son cœur battre à tout rompre.

– Oui, peut-être un renard.

Il y a des renards sur Torcello ?

Mais voilà que le bruit de tout à l'heure recommence : il y a toujours quelque chose dans le fourré. Nous nous regardons, il attrape ma main et dit :

– Allez, on s'en va !

Et nous prenons nos jambes à notre cou. Je n'ai qu'une envie : retrouver le bateau et rentrer à Burano, mais Fabio m'entraîne dans la direction opposée.

Nous courons comme si nous avions le diable à nos trousses… Pourvu que ce ne soit pas le cas !

Nous nous arrêtons sur une place avec deux vieilles églises, un des hauts lieux du tourisme de l'île.

Au milieu se dresse un fauteuil en granit.

Fabio s'arrête et dit :

– Voici le trône d'Attila, le roi des Huns.

Puis il s'assied et m'attire sur ses genoux.

Nous partons dans un fou rire.

Je suis sûre que nos experts en psychologie anomalistique auraient trouvé toutes sortes d'explications à ce bruit étrange et ils auraient sans doute eu raison. Est-ce la peur qui nous a fait l'imaginer ? Ou y avait-il un chat ou un renard, peut-être un chien ? Mais en tout cas, pas le diable !

La lune est de nouveau dégagée. Elle se détache bien dans le ciel et déverse des cascades de lumière sur les deux églises. Je suis assise avec Fabio sur le trône d'Attila au milieu de la nuit vénitienne. La pleine lune, deux vieilles églises, le calme et toute cette beauté qui fait presque mal au ventre. On peut difficilement faire plus romantique…

Nos rires s'éteignent. Je me tourne vers Fabio et chacun plonge son regard dans celui de l'autre. Il a vraiment de beaux yeux bleus ! Il sourit et je vois ses jolies dents du bonheur. Puis il m'attire contre lui. Nos lèvres ne sont plus qu'à quelques millimètres. Il sent le menthol… nos lèvres s'effleurent… et là, *juste à ce moment précis*, la pensée de Thomas surgit.

Stop !

Je ne peux pas.

J'essaie de me dégager, mais Fabio me tient fermement et voilà qu'il m'embrasse… oh non, non, ce n'est pas possible !

Je lutte pour décoller ses lèvres des miennes : en une nanoseconde, le romantisme a laissé place à une situation affreusement pénible.

– Qu'est-ce qu'il y a ? demande-t-il.

Je ne sais pas ce que je dois dire. Alors je secoue la tête et me relève.

– Pourquoi, Loulou ?

– C'est juste que ça me paraît faux.

– Mais pourquoi ?

– Parce que…

– Pourquoi ?

– Parce que c'est comme ça. Je préfère t'avoir seulement comme ami.

– Ah, doux Jésus !

Il se relève à son tour et marche d'un pas rapide en direction du bateau.

– Fabio !

Il continue à marcher sans répondre.

Je le rattrape. C'est ma faute. J'aurais dû l'arrêter avant. Je savais dès le départ qu'on partait dans une mauvaise direction. Il est gentil et je l'aime bien, mais c'est tout.

– Fabio, s'il te plaît…

Toujours pas de réponse.

Je cours à sa hauteur.

– Pardonne-moi, mais…

Il pince les lèvres mais ne s'arrête pas. Je voudrais tout lui raconter, lui expliquer pourquoi je ne peux pas l'embrasser, mais c'est comme si je n'avais plus de mots à ma disposition, comme si je les avais déjà tous utilisés. Je ne trouve rien à dire, je sèche…

Nous rentrons en silence à Burano.

Il ne me dit pas un mot, ne m'accorde pas un regard. Je m'en veux à mort jusqu'à ce que je sente monter la colère en moi. J'ai quand même le droit de dire non !

De retour à Burano, il attache son bateau et je saute sur le quai. Ce n'est pas très élégant, mais j'y parviens sans son aide.

Je commence à marcher, et j'entends son pas rapide dans mon dos.

Oui, maintenant c'est à mon tour de faire la tête !

Quand nous arrivons devant le restaurant, il s'arrête à côté de moi et pose un bras sur mon épaule. Ah non ! Ne me dites pas qu'il est un de ces Italiens qui reviennent tout le temps à la charge !

Je me raidis. Il sourit et me dit :

– Ça suffit, maintenant !

– Quoi ? répliqué-je, agressive.

– C'est OK, Loulou.

– Qu'est-ce qui est OK ?

– Nous deux… nous n'allons pas… Moi aussi, je préfère t'avoir comme amie.

– Tu le penses vraiment ? Tu en es capable ?

Il fait oui de la tête.

– Il fallait juste essayer, non ?

– Fabio…

– Excuse-moi, mais je suis italien. C'est dans nos gènes.

Je ris.

– Qu'y a-t-il d'autre dans tes gènes ?

– Je ne crois pas que tu aies vraiment envie de le savoir, répond-il, le visage grave.

Il me tend une main.

– Alors, amis ?

Je prends sa main et la serre fort.

Nous nous sentons comme deux idiots.

Puis il sourit. Et si, tout comme moi, il était au fond soulagé ?

Il m'embrasse sur le front, en ami.

– Bonne nuit, petite diablesse. À demain !

– Bonne nuit, mon ami !

Il rit, puis s'éloigne.

Ouf !

Carla dort déjà quand je rentre. Je sombre vite dans les bras de Morphée et tout serait parfait si je ne faisais pas encore un cauchemar. Un de ceux où Thomas disparaît dans d'épais brouillards tandis que des cloches sonnent à la volée…

THOMAS !

24

Fabio ne m'en veut pas. Encore heureux. Quel soulagement d'avoir réglé ce problème de flirt ! Il reste gentil, me fait des clins d'œil, plaisante, mais c'est un bonheur d'avoir mis les points sur les i : nous ne sommes pas des amoureux potentiels !

Par contre, je ne suis pas sûre de comprendre Carla. Toute la journée, elle se promène avec un sourire mystérieux sur les lèvres. Elle mijote quelque chose. Du moment qu'elle n'est pas amoureuse de Bob-le-Lutteur ! Il y a quelque chose chez lui et chez Matt qui ne m'inspire pas confiance. La fascination qu'ils exercent sur Carla m'horripile. Peut-être que je suis seulement jalouse, parce qu'ils me volent ma cousine ?

Elle me tourne autour, et j'ai l'impression qu'elle n'attend qu'une chose : que je lui pose des questions.

Mais je ne lui fais pas ce plaisir. Si elle sort avec ce Bob, moins j'en saurai, mieux je me porterai. Je n'ai aucune envie de traîner avec ces deux gars. Ils ne vont pas bientôt rentrer chez eux ? Ou aller en Transylvanie pour démystifier les vampires ? Ou faire un tour dans l'Himalaya pour rencontrer l'abominable homme des neiges ?

J'aimerais bien avoir ma cousine un peu pour moi, on pourrait aller ensemble au marché touristique de Jesolo acheter des ballerines, comme elle me l'avait proposé. Je commence à avoir des ampoules aux talons à cause de ces affreux escarpins. Toni nous a promis une journée de congé, pour que Fabio, Carla et moi puissions aller sur les magnifiques plages du Lido. Et nous ne sommes même pas encore allées à Venise elle-même ! Nous devions faire un tour sur la place Saint-Marc, Carla m'a parlé d'un bar où tous les gondoliers se donnent rendez-vous. Elle en connaît plusieurs et elle pourrait convaincre l'un d'entre eux de nous emmener faire une petite balade gratuitement.

Mais elle a oublié tout ça. À présent, il n'y en a plus que pour Bob et Matt, et leurs élucubrations *anomalistiques.*

Sinon, je suis désormais serveuse à part entière, même si j'ai toujours besoin de l'aide d'oncle Toni dès qu'on me pose des questions trop précises sur le menu ou les vins. On continue à former une bonne équipe, lui et moi.

Et j'ai fait des progrès avec la clientèle, je sais moi aussi sourire et être assez prévenante pour que les pourboires soient généreux. Je n'avais pas imaginé que je gagnerais autant, ça fera une jolie somme quand je rentrerai à la maison. Ici, je ne dépense pas grand-chose, il n'y a pas beaucoup de tentations sur Burano.

J'attends que *nonna* Rita, avec son rythme de vieille dame, tape sur sa caisse et me donne l'addition. Carla arrive vers moi, tout sourire, et me chuchote à l'oreille :

– C'est pour ce soir, à l'heure du crépuscule nautique.

– Qu'est-ce que tu dis ?

– Ce soir, à l'heure du crépuscule nautique.

– De quoi tu parles ?

– Ah, tu ne sais pas ce que c'est ? C'est le moment où le soleil se couche sur la mer.

– Et qu'est-ce qui va se passer ?

– C'est pour ce soir, je te dis.

– Mais quoi, Carla ?

Elle met ma patience et ma curiosité à rude épreuve.

Mais elle sort déjà de la cuisine avec une nouvelle commande.

Je n'arrive pas à lui parler car il y a trop à faire au restaurant. La saison bat son plein.

Quand enfin le coup de feu est passé et qu'on débarrasse les tables, je croise son regard. Elle me fait son sourire énigmatique débile. Alors je m'approche et la prends par le bras.

– Maintenant, tu viens avec moi !

Je l'entraîne à quelques mètres du restaurant pour qu'on puisse discuter tranquillement.

– Qu'est-ce qui va se passer à l'heure du crépuscule *nautique* ?

Elle sourit.

– Ils ont pu trouver un bateau.

Un bateau, au crépuscule, il s'agit forcément d'une expédition à Poveglia.

Ce n'est pas vrai ! Je sens les poils de ma nuque se dresser.

– Tu ne pars pas avec ces deux imbéciles à Poveglia ! m'écrié-je.

– Il faut croire que si. Ils ont trouvé un chauffeur de taxi, un Russe, qui sillonne illégalement la lagune. Il nous emmènera pour cent euros.

– Alors vous allez passer toute une nuit là-bas ?

– Oui !

– Tu cherches quoi au juste, Carla ?

– Mais enfin, Loulou, ils travaillent sur un projet follement passionnant. Nous allons à Poveglia pour trouver des preuves qu'il n'y a aucune activité paranormale sur cette île.

– Et à quoi ça sert ?

– Eh bien, quand on fait des recherches *anomalistiques*, c'est ça qu'on veut prouver, ça serait un scoop de démystifier cette île qui passe pour être l'un des lieux les plus hantés au monde.

– Oui, pour Bob et Matt, mais toi, tu n'as rien à voir là-dedans !

Elle sourit.

– C'est vrai, mais avoue que c'est super excitant comme aventure. D'ailleurs ils ont besoin de quelqu'un qui sache manier une caméra numérique.

– Vous emportez une caméra ?

– Oui, ils vont tout filmer. Ce sont ces enregistrements qui vont servir de base à leur travail de recherche.

– Tu vas donc toi aussi te mettre à étudier la psychologie *anomalistique* ?

– Pourquoi pas ?

Je soupire profondément.

Rien ne l'en empêche, bien sûr.

Je pose une main sur son bras.

– Ça ne me plaît pas, tout ça, Carla !

– Loulou, arrête. Il ne se passera rien.

– Pourquoi faut-il absolument que vous alliez là-bas de nuit ?

– À ton avis ? réplique-t-elle en me souriant avec indulgence.

– Je t'en prie, n'y va pas !

– Pourquoi tu prends ça tant à cœur ?

– Parce que j'ai des intuitions. Et qu'il y aura un problème.

– Mais, Loulou, arrête avec ça !

– Carla, je parle sérieusement. Laisse tomber… Il y a des forces avec lesquelles il ne faut pas jouer, est-ce que tu comprends ça ?

L'espace d'un instant, elle semble hésiter. Elle me regarde droit dans les yeux et je crois déceler un doute dans son regard. Je sens qu'elle est à deux doigts de renoncer. Puis elle sourit et dit :

– Loulou, arrête, tu me fais peur !

– C'est le but recherché. Tu es sur le point de faire une grosse bêtise.

– Eh bien, je suis majeure, répond-elle avec désinvolture en m'écartant d'un geste ferme.

25

Si Fabio a l'air paniqué, c'est parce que je l'ai entraîné dans les microscopiques toilettes pour dames du restaurant. Après notre balade ratée à Torcello, il ne doit plus rien y comprendre.

– Qu'est-ce que tu veux, Loulou ?

– Carla part avec Bob et Matt à Poveglia ce soir !

– *NO !* s'écrie-t-il, livide.

– Si, elle le fera. J'ai bien tenté de la dissuader, mais il n'y a rien à espérer. Elle n'a que ça en tête : aller là-bas avec ces deux Américains bizarres.

– *No !* répète-t-il.

– Si, Fabio ! Ils veulent y aller pour démontrer qu'il ne s'y passe rien de surnaturel. Carla va les aider à rassembler des *données*.

Il me jette un regard inquiet.

– Loulou, il faut que tu comprennes : ces histoires d'île hantée, ce n'est pas des blagues. Je sais que cela peut vous paraître ridicule à vous autres qui ne connaissez pas la lagune. Mais il s'est passé des choses terribles là-bas !

– Fabio, qu'est-ce qui te lie si fort à Poveglia ? demandé-je en le regardant droit dans les yeux.

– Ma… (Il s'interrompt, secoue la tête et reprend.) Il y a ici-bas des choses qui nous échappent…

– J'en sais là-dessus plus que tu ne le crois, chuchoté-je.

– Ah bon ?

– Oui, j'ai aussi vu… *des choses…*

Il acquiesce d'un air entendu.

On reste silencieux. Tout proches l'un de l'autre. Un peu trop proches. Il sent toujours le menthol.

– Peut-être qu'on s'inquiète pour rien. Leur vie n'est quand même pas en danger, murmuré-je.

Il me regarde, ses yeux bleus empreints de gravité.

– Bien sûr que si ! Ce ne sont pas des anges innocents qui ont pris possession de cette île, mais le diable en personne !

Je ne sais pas si je dois rire ou pleurer.

– On n'a pas le choix, Loulou : il faut l'empêcher d'y aller !

Nous retournons vite au travail, il y a encore quelques clients, sans compter les habitués du bar. Carla n'est pas là. Je me précipite à l'extérieur : pas de Carla non plus. En revanche, oncle Toni est en grande discussion avec Roberto, un verre de grappa à la main.

– *Zio* Toni, tu n'as pas vu Carla ?

Il rit. De son rire tonitruant qui monte du ventre.

– Non, *piccolina*. Je l'ai laissée partir, elle avait un « rendez-vous » très important. Je sais ce que c'est, j'ai été jeune moi aussi, dit-il en adressant un clin d'œil complice à Roberto.

Je secoue la tête, puis sors vite du restaurant avec Fabio sur mes talons.

– Hé, vous n'avez pas fini de débarrasser en terrasse ! crie Toni.

Nous ne prenons même pas le temps de lui répondre et piquons un sprint.

Comme j'ai du mal à courir avec mes escarpins, je préfère les enlever et je continue pieds nus. Ça fait mal, mais j'avance plus rapidement. Il n'y a pas une minute à perdre !

Une fois arrivés au port, nous ne voyons ni Carla, ni Bob, ni Matt, ni aucun bateau-taxi illégal avec un Russe à la barre.

Tout est désert et silencieux.

– Là, regarde !

Fabio indique du doigt la lagune.

Malgré le crépuscule nautique dont parlait Carla, on distingue parfaitement la silhouette d'un bateau qui fonce vers… ai-je besoin de le préciser ?

Fabio s'accroupit et se prend le visage dans les mains, avant d'éructer :

– *Vaffanculo… Porca puttana !*

Il se redresse d'un coup.

– Il faut les rattraper et les arrêter ! Ils n'ont aucune idée de ce qui les attend.

Moi non plus, en fait. Et si nous étions tous en pleine crise d'hystérie ?

– Allez, viens, Loulou !

Il prend ma main et nous courons vers son bateau.

Je tremble. J'ai un mauvais pressentiment. C'est mon intuition ou mon sixième sens, ma paranoïa anomalistique…

Évidemment, le moteur refuse de démarrer. Il est comme mort.

– *Vaffanculo !*

Fabio jure et peste.

– C'est la malédiction de Poveglia qui agit déjà ici.

Il n'exagère pas un peu ?

Il marque une pause, joint les mains et prie en silence.

Je compte jusqu'à dix dans ma tête pour ne pas exploser. Fabio a terminé sa prière et se signe. Puis il tire sur la cordelette du starter et… MIRACLE : le moteur démarre !

Est-ce grâce à des puissances supérieures ? Fabio a-t-il réussi à joindre le service d'urgences de l'univers ? A-t-il simplement puisé dans la prière la force nécessaire ? Ou y avait-il un objet qui obstruait l'arrivée d'essence et a été emporté par le courant ? Je n'en sais vraiment rien, je peux juste constater que le moteur marche.

Et que nous sommes en route.

26

Il fait froid sur la mer. Je grelotte dans mon fin chemisier blanc et ma petite jupe noire. Et ces chaussures à la noix. J'ai encore autour de la taille la pochette où je range mon carnet de commandes et mes pourboires. Et mon téléphone.

Fabio aussi a gardé sa tenue de travail. En d'autres termes, nous ne sommes pas du tout habillés pour la circonstance !

Je claque des dents. Fabio farfouille au fond du bateau, puis il me jette une vieille couverture. Elle sent le poisson et est un peu humide, mais c'est mieux que rien.

La mer autour de nous paraît noire et menaçante.

Si seulement nous avions des gilets de sauvetage ! Par chance, l'eau n'est pas très froide et je nage bien. Je remercie Dieu – ou je ne sais qui, peut-être le conseil municipal de Frederiksberg – d'avoir rendu les cours de natation obligatoires à l'école.

J'espère que Fabio sait nager. Sinon, je risque de devoir mettre en pratique ce que j'ai appris en cours de sauvetage en cinquième.

Concentré, Fabio file droit vers ce qu'il craint le plus : Poveglia et tous ses démons.

Soudain me revient à l'esprit une prière que j'ai découverte quand j'ai préparé ma communion (que je n'ai pas faite, j'ai abandonné en cours de route, parce que tout cela était trop irrationnel pour moi). C'est une prière de saint François d'Assise que j'ai apprise par cœur tellement je l'ai trouvée belle. Et je me mets à la réciter… Je sens qu'elle m'apaise.

Seigneur, fais de moi un instrument de ta paix !
Là où est la haine, que je mette l'amour.
Là où est l'offense, que je mette le pardon.
Là où est la discorde, que je mette l'union.
Là où est le doute, que je mette la foi.

Fabio me regarde, m'écoute et récite la même prière en italien. Nous sommes un peu décalés, cette prière à deux voix sonne de manière bizarre, mais elle n'en est que plus solennelle…

Là où est l'erreur, que je mette la vérité.
Là où est le désespoir, que je mette l'espérance.
Là où est la tristesse, que je mette la joie.
Là où sont les ténèbres, que je mette ta lumière.
Ô Seigneur, que je ne cherche pas tant
à être consolé qu'à consoler,
à être compris qu'à comprendre,
à être aimé qu'aimer.
Car c'est en donnant qu'on reçoit.
C'est en pardonnant qu'on est pardonné.
C'est en mourant qu'on ressuscite à l'éternelle vie.

C'est quoi, cette conclusion ?

27

– Loulou, essaie de la joindre par téléphone ! crie soudain Fabio. Dis-lui qu'elle ne doit sous aucun prétexte poser le pied sur Poveglia.

Je saisis mon portable dans ma pochette et appelle Carla, mais je tombe directement sur son répondeur.

Je lui envoie un SMS : *TU NE DOIS PAS DÉBARQUER !*

– Réessaie de l'appeler ! m'ordonne Fabio.

Je la rappelle au moins dix fois, sans résultat.

Et voilà que ça se reproduit : mon portable s'éteint. Impossible de le rallumer.

Je le montre à Fabio.

– Il est mort !

Il fouille ses poches, trouve le sien, y jette un coup d'œil et secoue la tête : il aussi est hors service.

À présent je vois se dresser à l'horizon le fameux campanile de Poveglia. Mes poils se hérissent. C'est de là-haut que le médecin cinglé s'est jeté, dit-on. S'il n'a pas été poussé par des patients désespérés…

Je me mets à trembler, et pas uniquement de froid. L'angoisse ne me quitte plus, comme un fidèle compagnon.

Et soudain le moteur s'éteint. Il ne toussote même pas avant de caler. Il s'arrête tout bonnement !

Fabio me chuchote :

– La malédiction de Poveglia !

Je n'ai pas envie qu'il recommence avec ça.

– Essaie de redémarrer le moteur, bon sang ! crié-je.

Il se lève, le bateau tangue et j'ai peur qu'on chavire. Puis il vient vers moi, s'assoit et, sans un mot, prend une paire de rames au fond du bateau.

– Tu n'as quand même pas l'intention de ramer jusque là-bas ?

Il ne répond pas. Me fait signe de me pousser. Et il commence à ramer. Son visage est tendu, je vois qu'il mobilise toute sa force pour que le bateau arrive à bon port – ce qui n'est qu'une façon de parler…

J'ai la chair de poule, le vent s'est levé, l'eau nous éclabousse.

Fabio est plus costaud que je n'aurais cru. Ce doit être grâce à toutes les assiettes avec lesquelles il jongle chaque jour.

– Je peux t'aider ? demandé-je.

Comme si je pouvais faire quoi que ce soit ! À part sauter dans l'eau pour alléger le bateau, je ne vois pas... J'ai déjà assez de mal à rester immobile.

Il se garde de me répondre. Continue à ramer de toutes ses forces.

Puis nous entendons le bruit de moteur d'un autre bateau. Nous approchons de Poveglia. Et soudain, tel un boulet de canon, un hors-bord qui a visiblement échappé à la malédiction de Poveglia fonce sur nous, laissant l'île derrière lui !

Ce doit être le Russe. Il ne nous a pas vus, mais j'ai eu le temps d'apercevoir son visage, pâle comme un linge...

Nous essayons de l'appeler, mais il ne voit ni n'entend rien, trop concentré sur sa trajectoire.

Les remous provoqués par le hors-bord font tanguer dangereusement le canot de Fabio. Je n'aime pas du tout ça. Et voilà que j'entends les cris. Ou plutôt les chants d'oiseaux que les Vénitiens prennent pour les gémissements des victimes tourmentées de la peste.

J'ai beau me répéter qu'il s'agit de superstitions, je sursaute quand même lorsqu'un dernier long cri déchire la nuit.

28

À l'approche de Poveglia, la tension disparaît.

On entend toujours des bruits, mais ce sont des oiseaux, oui, c'est ça !

Nous nous enfonçons en silence dans le chenal et j'aperçois Carla, Bob et Matt, à terre. Juste devant l'hôpital. Ils ne nous ont pas repérés malgré le clapotis des rames qui fendent doucement l'eau. Ils sont bien trop occupés à déballer leur matériel électronique.

Quand nous sommes tout près, j'appelle doucement :

– Carla...

Elle se retourne, nous aperçoit et ouvre de grands yeux.

– Qu'est-ce que vous faites là ?

Je me contente de hausser les épaules.

Fabio réussit à pousser son bateau contre le quai, l'amarre, puis m'aide à monter. Nous rejoignons Carla qui n'en revient toujours pas de nous voir là. Bob et Matt nous regardent fixement. Je me sens tout à coup complètement idiote.

– Carla, rentre avec nous ! ordonne Fabio en anglais.

Elle secoue la tête.

– Vous êtes cinglés ? demande-t-elle.

– C'est toi qui poses cette question ? répond Fabio.

– Oui, vous n'avez pas à vous mêler de ça !

Fabio passe à l'italien. Carla s'avance vers lui. Il parle vite et gesticule beaucoup.

Je ne peux pas suivre leur conversation, je capte seulement certains mots ici et là comme *il dottore*, *mamma*, *nonna* et *morte*, soit « le docteur », « mère », « grand-mère » et « mort ». Mais je ne saisis pas le lien.

À la fin, Carla pose une main sur l'épaule de Fabio, le regarde droit dans les yeux et dit lentement et distinctement une phrase qui, je crois, signifie :

– Je comprends ton chagrin et ton angoisse, mais je ne pense pas que cela ait quelque chose à voir avec Poveglia…

Ai-je bien entendu ? De quoi Carla parle-t-elle ?

Il a l'air d'avoir peur quand il la supplie tout bas :

– Carla… *ti prego*[1]. *Please*…

Mais elle secoue la tête et retourne vers Matt et Bob.

1. « Je t'en prie. »

Fabio reste un instant comme paralysé. Puis il crie en anglais :

– Vous ne devriez pas faire ça ! Vous ne comprenez rien du tout !

Matt et Bob ont l'air embarrassés, mais ils restent silencieux. Fabio poursuit :

– C'est une île hantée, bordel ! Libre à vous de risquer votre vie, mais ne mêlez pas Carla à ça !

Carla se tourne vers lui.

– Fabio… s'il te plaît !

Puis Matt s'éclaircit la voix. Il a une drôle de tête aujourd'hui car il n'a pas coiffé sa crête de coq, qui retombe bizarrement sur son crâne un peu dégarni.

– Nous ne croyons pas à toutes ces histoires, Fabio. Nous sommes précisément là pour tenter de montrer que ce n'est que du vent, dit-il sur un ton calme et bienveillant.

– Mais qu'est-ce que vous en savez ? Une malédiction pèse sur cette île. Vous pensez vraiment que les Vénitiens ne sont qu'une bande d'abrutis, hein ?

– Non, Fabio, mais…

– Je vous aurai prévenus. Vous sous-estimez le pouvoir du *Dottore* !

– Fabio, il n'y a aucune preuve que ce *Dottore* ait réellement existé et qu'il ait commis les actes dont on l'accuse, répond Matt.

Fabio soupire profondément.

– Tu ne comprends rien, Matt. Tu ne comprends rien du tout.

Matt se tait. Alors Fabio regarde Carla.

– Carla... ?

Elle fuit son regard, lève les yeux au ciel, soupire et dit en anglais :

– Fabio, toi et moi on n'est pas sur la même longueur d'ondes, tu le sais parfaitement. Nous ne voyons pas la vie de la même façon, c'est bien pour ça que nous...

Que nous... quoi ? Est-ce qu'ils sont sortis ensemble ? Et, si oui, pourquoi aucun des deux ne m'en a soufflé mot ?

– Fabio, je regrette sincèrement ce qui est arrivé à ta grand-mère, mais je ne crois pas que cela ait quoi que ce soit à voir avec Poveglia. Je te promets que je suis en sécurité.

Et, se tournant vers moi :

– Loulou, ramène-le à Burano avec toi !

Fabio secoue la tête.

– Nous n'irons nulle part sans toi !

Carla soupire.

– Si nous sommes ici, c'est parce que c'est important pour Matt et Bob. Ils ont préparé ce voyage pendant des mois. Fabio, ne détruis pas tout leur travail. Tu as ton opinion, nous avons la nôtre...

Il hoche la tête et ses épaules retombent.

– Je vous aurai prévenus !

Elle sourit à présent.

– Oui, personne ne dira le contraire !

Fabio donne un coup de pied dans un caillou, puis reprend :

– Nous vous attendrons sur le bateau.

– Ce n'est pas la peine, tu peux rentrer. Le Russe reviendra nous chercher à l'aube, dit Matt.

Fabio rit.

– Tu le crois vraiment ?

– Nous avons conclu un accord !

– Avec un bateau-taxi illégal ? réplique Fabio, un soupçon de mépris dans la voix. Je crois qu'il vaut mieux ne pas compter sur lui.

– Il m'a plutôt inspiré confiance, rétorque Matt, un brin agacé.

– Bon, eh bien, nous attendrons sur le bateau, répond Fabio. Loulou, tu viens ?

J'hésite.

– Vous pourriez aussi nous accompagner dans l'hôpital pour vous confronter avec votre peur des fantômes, dit Carla. Peut-être auriez-vous enfin la preuve que tout ça n'est que le fruit de votre imagination.

Pourquoi pas, au fond ?

J'étais angoissée en arrivant, mais, maintenant que je suis là avec les autres, tout paraît soudain normal. Pourquoi ne pas étudier les phénomènes paranormaux de Poveglia de manière scientifique, après tout ?

Honnêtement, je ne remarque rien d'étrange. Il n'y a que les vieux bâtiments d'un hôpital qui menacent de tomber en ruine.

Je continue de frissonner, marche de long en large, sans savoir quelle décision prendre. Je jette un coup d'œil à Fabio qui secoue la tête. Je me frotte les bras pour essayer de me réchauffer.

Carla enlève son sweat et me le lance.

– Tu viens, Loulou ? insiste Fabio.

– Tant qu'à rester ici, autant ne pas se séparer, non ? hasardé-je tout en enfilant le sweat, dont je relève la capuche.

Je dois avoir l'air débile avec ma jupe noire courte et mes escarpins. Fabio n'est pas mieux dans sa tenue de travail trempée, alors que les trois autres portent pour l'occasion des treillis militaires et des gilets avec toutes sortes de poches. Bob et Matt semblent être sur le point de pénétrer dans une zone de guerre.

– Je ne ferai pas un pas de plus sur cette île. Et je te conseille de suivre mon exemple, Loulou. Toi aussi, tu as vu… des *choses*.

Un long cri déchire l'air et nous fait tous sursauter. Même Bob et Matt.

Carla rit en disant :

– Mais ce n'était qu'un oiseau, les amis !

Sauf que cela ressemblait à autre chose…

29

Je suis désemparée. Dois-je aller attendre leur retour avec Fabio sur le bateau ou bien les accompagner dans les anciens bâtiments de l'hôpital ?

Carla n'est pas inquiète, mais je n'aime pas la savoir seule avec Matt et Bob. Et, à vrai dire, je commence à être moi aussi curieuse de ce qui se passe ici.

Mais Fabio me fait de la peine. C'est lui qui a le plus peur de rester sur cette île. Puis-je le laisser tout seul sur son bateau ?

– Puisque nous sommes ici, autant rester groupés et aller ensemble inspecter les lieux…

Fabio m'interrompt.

– Jamais.

Je hoche la tête sans rien dire. Matt et Bob glissent les batteries dans les caméras vidéo et procèdent à toute une série de réglages. Ils parlent à voix basse, totalement concentrés. C'est un projet qui leur tient à cœur.

Carla me voit hésiter.

Fabio nous regarde tour à tour Carla et moi. Il est trempé, sa chemise blanche lui colle au corps. Il n'a plus l'air en colère, seulement préoccupé.

– Loulou, ne t'en fais pas pour moi. Va avec Carla, moi, j'essaierai entre-temps de réparer le moteur.

– Tu es sûr ? Ça va aller ?

– Je me débrouillerai. Et vous savez où vous pouvez me trouver s'il se passe quelque chose.

– Vraiment, Fabio ?

– Oui, reste avec Carla. Cela vaut mieux !

Il se détourne et se dirige vers le bateau. Je sens une telle solitude autour de lui…

– Fabio ! crie Carla.

Il se retourne.

– Prends soin de toi !

Puis elle sourit et lui envoie un baiser de la main. Est-ce de la tendresse ou de l'ironie ?

Il hoche lentement la tête, sourit et s'éloigne.

– Qu'est-ce qu'il y a entre vous deux, Carla ?

– Je crois que ce n'est vraiment pas le moment de parler de ça.

– Si tu le dis.

Matt et Bob me fixent tous les deux, puis Matt dit :

– Alors tu viens avec nous, c'est ça ?

Je fais signe que oui.

– Tu es sûre d'avoir le cran ?

– Oui ! m'exclamé-je en essayant d'avoir l'air convaincue.

Malgré l'obscurité, je n'ai pas peur. Je ne perçois absolument rien de bizarre.

– Dans ce cas, dit Matt, je vais t'expliquer dans les grandes lignes comment on s'organise.

– Je veux bien.

Il continue donc d'une voix enthousiaste :

– Nous avons chacun – c'est-à-dire Carla, Bob et moi – une petite caméra digitale et nous filmerons toute l'expédition. Ce sera notre documentation. Ensuite, j'ai une caméra thermique infrarouge, qui permet de détecter les différences de température.

– À quoi ça sert ? demandé-je.

Il me sourit avec indulgence.

– C'est ainsi que les chasseurs de fantômes traditionnels prouvent la présence d'énergies ou d'esprits. De brusques variations de température peuvent être un signe qu'il y a « quelque chose ».

– Ah…

Je ne comprends pas tout, mais je sens qu'il vaut mieux ne pas poser trop de questions. Je me suis incrustée au dernier moment, alors je préfère faire profil bas.

– Et ça, c'est un détecteur EMF.

– Un détecteur EMF ?

– Oui, pour mesurer le rayonnement électromagnétique.

– Et ça sert à quoi ?

Il faut bien que je me renseigne un peu.

– Ça signale une énergie inhabituelle dans l'air.

– Ah..., répété-je en faisant semblant d'avoir compris.

– Et ça, c'est un dictaphone, ajoute Matt en me montrant un petit appareil électronique. On va le laisser allumé pendant toute la mission. Ensuite, on pourra réécouter la bande et identifier d'éventuels bruits qui auraient été enregistrés à notre insu.

– Lesquels, par exemple ?

– Les vrais chasseurs de fantômes cherchent ce qu'ils appellent les « ELP », une abréviation pour *electronic voice phenomena*. Ils pensent qu'un dictaphone peut capter des sons inaudibles sur le moment, venant des esprits.

– Ah, très bien.

– Oui, et puis nous avons un thermomètre. Comme la caméra thermique, il mesure les brusques changements de température.

Je me tais, mais là-dessus j'en connais un rayon. J'ai des souvenirs terrifiants de frissons le long de la colonne vertébrale, que je préfère garder pour moi.

– Bon, voilà un inventaire rapide du matériel..., dit Matt.

– Tu oublies une chose essentielle, l'interrompt Carla.

– Quoi donc ?

– Le bon sens.

Il approuve.

– Oui, bien entendu. Le bon sens. Il faut savoir garder la tête froide, c'est le plus important de tout. Ne pas se laisser gagner par la panique et essayer d'oublier la fameuse malédiction de Poveglia.

– Ce qui m'étonne, c'est que tous ces appareils sont ceux qu'on emploie quand on veut chasser des fantômes. Je ne vois pas ce qu'il y a d'*anomalistique* ici ?

Matt sourit.

– Les chasseurs de fantômes traditionnels se servent de ce matériel pour prouver l'existence de phénomènes paranormaux, mais nous soupçonnons fort qu'ils manipulent leurs données. En utilisant les mêmes appareils qu'eux, nous serons en mesure de démonter tous leurs arguments.

Bob renchérit :

– Autrement dit, nous utilisons ce matériel-ci pour apporter une contre-preuve. En parallèle, nous procédons à des interviews empiriques.

– Des interviews empiriques ?

– Oui, nous interviewons des gens qui pensent avoir vu *quelque chose* et nous cherchons une explication psychologique à ces visions. Il peut s'agir par exemple d'un état psychotique.

– Bon, il serait temps d'y aller, intervient Matt. Loulou, tu pourrais peut-être filmer avec ma caméra ? Comme ça, je me concentrerais sur la caméra thermique.

– Oui, mais que dois-je filmer ?

– Eh bien, d'abord nous, et tout ce que tu juges essentiel. Ce n'est qu'une caméra de backup.

Il me montre rapidement comment elle fonctionne. C'est assez facile, et la caméra peut aussi servir de lampe torche.

– Bon, on y va ? demande Carla, impatiente.

Bob fait les cent pas. Il ne dit rien, mais il est clair qu'il a envie, lui aussi, de passer aux choses sérieuses. On sent son corps tendu, plein d'adrénaline.

Carla me saisit par le bras et chuchote :

– N'oublie pas que nous sommes de simples observatrices. Nous devons rester discrètes. C'est la mission de Matt et de Bob, ça fait des mois qu'ils la préparent. Alors on a intérêt à se tenir à carreau et ne pas tout faire foirer !

– Oui, oui, bien sûr, dis-je, je respecte tout à fait ça.

– Je veux juste que ce soit clair pour toi, Loulou !

– Oui, ne t'inquiète pas.

Chacun prend son matériel. Matt me tend des batteries supplémentaires pour la caméra.

– Par mesure de sécurité, explique-t-il en allumant sa lampe frontale, qui lui donne, si c'est possible, l'air encore plus bizarre.

Je fais oui de la tête et fourre les batteries dans la poche du sweat.

Nous sommes prêts. Le moment est solennel. Nous nous dévisageons tous.

– OK, c'est parti ! déclare Matt.

Nous nous mettons en route.

Je me retourne une dernière fois. Fabio nous regarde nous éloigner. Il paraît inquiet. Je lui fais un signe de la main, mais il ne répond pas.

30

Nous devons ressembler à une petite délégation en route pour une importante opération militaire. Du moins, les trois autres avec leurs treillis ont l'air de militaires. Surtout Bob, qui a l'allure d'un mercenaire. Il a détaché sa queue-de-cheval, ses cheveux blonds lui tombent sur les épaules et il a noué un bandana autour de sa tête.

Je me détache du lot avec ma jupe noire courte, pieds nus dans mes escarpins. Comme si je m'étais faite belle pour honorer les cendres de toutes les victimes de la peste qui, paraît-il, constituent l'île !

De grands oiseaux se posent sans bruit sur le toit du bâtiment principal, comme s'ils prenaient position pour mieux nous observer. Ils ne crient pas, restent immobiles. C'est presque pire.

L'hôpital paraît gigantesque, il devait accueillir des centaines de patients. Je lorgne le campanile, qui se dresse un peu sur la droite du bâtiment, avec la désagréable sensation qu'on nous surveille.

Ma désinvolture de tout à l'heure est petit à petit remplacée par la peur. Et si je retournais auprès de Fabio ? Mais il suffit que je jette un regard à Carla pour en être dissuadée. Non, il faut que je reste avec elle.

Les bâtiments de l'hôpital menacent de s'effondrer et, tout autour, des panneaux d'avertissement mettent en garde ceux qui voudraient s'aventurer plus loin. Selon eux, le danger ne vient pas des fantômes mais du délabrement de la bâtisse.

Des échafaudages sont dressés tout autour des constructions pour les maintenir debout. Nous grimpons sur l'un d'entre eux pour jeter un coup d'œil à travers les fenêtres. Il y a des barreaux devant et l'ensemble respire la tristesse. Je repense à Thomas.

S'il était né il y a un ou deux siècles, on l'aurait interné dans un endroit comme celui-ci. Peut-être qu'un médecin psychopathe l'aurait lobotomisé. Je frémis rien qu'à cette pensée.

– J'entre, vous restez ici ! déclare Bob.

– Je viens avec toi, dit Matt.

– Non, j'entre seul. Je veux d'abord m'assurer que les bâtiments ne risquent pas de nous tomber dessus. Si tout va bien, je vous dirai de me rejoindre.

Carla et moi restons silencieuses. Immobiles, nous nous contentons de filmer.

Nous braquons nos caméras sur Bob qui semble hésiter devant une fenêtre aux barreaux rongés par la rouille. Il parvient à se faufiler à l'intérieur et disparaît dans l'obscurité.

Le silence est total.

Je sens quelque chose à mes pieds.

Je dirige la caméra vers le bas, pile sur un gros rat noir.

Je pousse un cri et lui donne un coup de pied. Il gémit et s'enfuit, mais, quand sa queue effleure mon pied, tout mon corps est parcouru de frissons.

– Du calme, lance Matt. Ce n'était qu'un rat.

Qu'un rat ! L'animal qui transmet le plus de maladies au monde ! Celui qui a véhiculé la peste dans toute l'Europe ! Qui me dit que celui-ci n'était pas couvert de puces infectées ?

– Ça grouille de rats par ici, tu n'as qu'à les chasser ! ajoute Matt, qui m'aveugle avec sa lampe frontale débile.

C'est facile à dire pour lui qui porte de grosses chaussures de randonnée.

Ça grouille de rats ! Si j'avais su ça, je serais certainement restée avec Fabio. Mais maintenant je n'ose pas déclarer forfait.

Seule solution pour tenir les rats à distance : bouger tout le temps les pieds.

– Tu as vraiment besoin de t'agiter comme ça ? me demande Carla.

– Tu veux changer de chaussures avec moi ?

Elle ne répond pas.

Matt filme l'obscurité. Je me demande vraiment quel est l'intérêt. Pour moi, le seul côté positif, c'est que la caméra permet de maîtriser sa peur. Quand on regarde dans l'œil d'une caméra, tout devient un peu irréel. Alors je filme sans interruption. Les autres aussi.

Un cri déchire la nuit noire.

– Du calme, Loulou, tu sais bien que ce n'est qu'un oiseau ! dit Carla.

– Quelle sorte d'oiseau ?

– Je ne sais pas, un oiseau de proie, sans doute.

– Je n'ai jamais entendu un cri d'oiseau pareil, et toi ?

– Non, moi non plus, mais on n'est pas ornithologues.

Je ne daigne pas répondre. C'est vrai, je fais tout juste la différence entre une mouette et une colombe...

Où est passé Bob ? Matt l'a appelé plusieurs fois, mais il n'a pas répondu. J'espère qu'il ne lui est rien arrivé.

– MERDE ! entend-on soudain crier.

C'est la voix de Bob, qui semble avoir perdu le contrôle de la situation.

– Qu'est-ce qui se passe ? crie Matt.

Bob ne fait qu'émettre un autre « Merde ! » tonitruant.

– Tu veux qu'on te rejoigne, Bob ? s'enquiert Matt.

Silence radio.

– Tant pis, j'y vais ! s'écrie-t-il.

Carla et moi hésitons, puis Carla dit :

– Je viens avec toi !

Je n'ai absolument aucune envie d'entrer dans le bâtiment, mais je ne tiens pas non plus à rester seule à l'extérieur. Oh, pourquoi ne suis-je pas restée avec Fabio ?

Matt se glisse le premier par la fenêtre, suivi de Carla, et de moi. Matt appelle Bob, mais celui-ci ne répond pas.

Nous sommes dans une sorte de buanderie avec de vieux carreaux jaunis aux murs et, posées sur le sol, de grandes cuves étranges.

Nous retenons notre respiration et entendons soudain un vague gémissement.

– Bob ! répète Matt.

Nouveaux gémissements. Puis la voix de Bob s'élève :

– Je suis à l'intérieur…

– Où ça ?

Aucune réponse. Nous sortons de la buanderie et débouchons dans un long couloir. Tout au bout gît sur le sol une silhouette.

– Bob ! crie Matt.

C'est lui.

Nous dirigeons tous les trois nos caméras sur lui. Ébloui, il porte la main à son visage pour se protéger.

– Qu'est-ce qui s'est passé, Bob ? demande Matt.

– Je ne sais pas, gémit celui-ci. Soudain ma caméra s'est éteinte. Puis mon détecteur EMF a arrêté de fonctionner et je me suis senti comme vidé de toute mon énergie. J'ai éprouvé un profond malaise, comme si quelqu'un…

Il hésite.

– Aidez-moi à me relever !

Nous obtempérons. Épuisé, Bob dit qu'il a mal aux tempes.

– Tu es sûr d'avoir assez bu aujourd'hui ? demande Matt en lui tendant une canette de Coca.

Bob boit une grande gorgée. Appuyé contre le mur, il rassemble ses idées. Puis il saisit sa caméra et son détecteur EMF.

– Bizarre, les batteries sont mortes. Elles étaient toutes neuves, non ?

Silencieux, Matt fouille dans ses poches et sort de nouvelles batteries.

– J'ai entendu dire, lui murmuré-je, que les fantômes pompent l'énergie des appareils et celle des gens, quand ils veulent se matérialiser.

Personne ne commente.

Matt change les batteries comme s'il avait fait ça toute sa vie. Sa lampe frontale est très efficace, le seul problème est qu'on est complètement aveuglé chaque fois qu'il vous regarde.

– Voilà, ça remarche, dit-il en tendant la caméra et le détecteur EMF à Bob.

– Merci, il va falloir poursuivre. Vous êtes prêtes, les filles ? lance Bob alors que lui ne l'est visiblement pas.

– Oui, assuré-je sans conviction.

– Regardez là ! chuchote Carla en éclairant un mur.

Il y a quelque chose d'écrit en rouge. Je plisse les yeux et déchiffre le mot : *INSANIA*.

– La folie, marmonne Carla.

On s'approche. Sous INSANIA, on peut lire en lettres plus petites : *Vada subito via e non torni mai più !*

– Qu'est-ce que cela signifie ? demande Matt.

Carla prend une grande inspiration, puis elle traduit dans un murmure :

– « Disparais sur-le-champ et ne remets plus jamais les pieds ici ! »

Sa phrase est suivie d'un grand silence, que Matt finit par rompre :

– Du calme. Nous ne sommes pas les premiers chasseurs de fantômes à venir ici. Il y a forcément des plaisantins qui s'amusent à effrayer les visiteurs.

– Drôle de plaisanterie, marmonné-je.

– Qui écrirait une chose pareille ? s'interroge Carla, qui a visiblement du mal à garder la tête froide.

– Vous êtes sûrs de vouloir continuer ? demandé-je.

– Ne nous affolons pas, rétorque Matt. Bob et moi tenons à aller au bout de notre projet. Si vous avez du mal à garder une distance professionnelle avec tout ça, ce que je peux comprendre, on peut vous raccompagner auprès de Fabio et vous rentrerez tous les trois à Burano. Et nous, on restera ici pour recueillir le maximum de données avant que Vladimir vienne nous chercher demain matin. Qu'en dites-vous ?

Je me retourne vers Carla. Je vois mal, pour ma part, comment refuser une telle offre. J'ai envie de partir. Tout de suite !

Elle paraît hésiter. Ne dit rien, se gratte la tête. Réfléchit. Les secondes paraissent interminables.

Nous sursautons tous en entendant un énorme bruit venant de la buanderie. Comme si une des cuves s'était renversée.

– C'était quoi ? demanda Carla dans un souffle.

– Du calme ! répète Matt. Une enquête scientifique exige du sang-froid.

– Qu'est-ce que tu veux dire ? demandé-je.

Il se tourne vers moi, m'attrape le poignet et plante son regard dans le mien. Sa lampe frontale m'aveugle, m'obligeant à plisser les yeux.

– Rejette la peur et pense de manière rationnelle !

– Oui mais…

– Ceci est un projet de recherche. Nous sommes ici pour récolter des données que nous allons traiter de manière scientifique. Un homme qui tombe, une batterie à plat, un graffiti sur un mur, rien de tout ça n'est le résultat d'une activité paranormale. Ces bâtiments sont si décrépits que notre seule présence peut provoquer des chutes d'objets. Nous aurions dû apporter des casques de chantier.

Personne ne répond. Toutes sortes de bruits nous parviennent : des choses qui se renversent, des planchers qui craquent, des portes qui grincent… Et maintenant le froid devient pénétrant.

Tout à coup, nous entendons un bruissement étrange, comme si quelqu'un traversait à toute allure le couloir sombre, et puis un chuchotement : *Vai via.*

Nous restons immobiles et percevons de nouveau ces deux mots : *Vai via.*

Matt n'a pas bougé et scrute l'obscurité. Il brandit son dictaphone. Sa lampe frontale n'éclaire qu'un couloir vide.

Carla et moi échangeons un regard. Puis je dis :

– J'ai cru entendre quelqu'un murmurer *Vai via.*

Carla opine.

– Oui, j'ai entendu la même chose.

Matt se tourne vers nous.

– *Vai via*, qu'est-ce que ça signifie ? demande-t-il.

– Ça veut dire «Va-t'en, disparais» ! répond Carla.

Matt semble un instant assailli par un doute, mais il reprend très vite le dessus.

– Et si c'était Fabio qui essayait de nous faire peur ?

– Jamais il ne ferait une chose pareille, dis-je.

– Il n'ose même pas s'approcher de l'hôpital, ajoute Carla.

– Il peut tout à fait s'agir d'hallucinations auditives, déclare Matt.

– D'hallucinations auditives ? s'étonne Carla.

– De fausses impressions sonores, précisé-je. C'est ce qui arrive, par exemple, aux personnes psychotiques qui croient entendre des voix.

– Mais nous ne sommes pas psychotiques, et puis nous sommes deux à avoir entendu la même chose, enchaîne Carla.

Matt sourit.

– Êtes-vous sûres d'avoir entendu ces mots ? Ce pourrait très bien être le cri d'un oiseau suivi de son écho. Ou encore le gargouillis d'une vieille tuyauterie.

– Ou un système de ventilation automatique, chuchoté-je à Carla, tout en m'étonnant d'être encore capable de faire de l'humour.

Elle m'ignore.

– Tu as raison, Matt, c'était certainement un oiseau.

Je ne suis pas convaincue. J'ai la sensation que quelqu'un ne veut pas de notre présence ici. Difficile de ne pas penser au *Dottore*.

Il y a autre chose qui me file des frissons dans le dos : dans mes cauchemars, j'ai entendu plusieurs fois ces mots, *Vai via*. Était-ce des rêves prémonitoires ? Les cris d'oiseaux, les brumes et cet ordre, *Vai via*... ai-je déjà été ici en rêve ?

Je garde ça pour moi. Qui sait si je ne deviens pas un peu psychotique à la longue ? Cela expliquerait que je confonde rêve et réalité, cris d'oiseaux et injonctions en italien.

Vai via, j'ai la chair de poule.

Je grelotte. Et je m'aperçois que je ne suis pas la seule. Matt sort son thermomètre.

– C'est bizarre, regarde, la température chute.

L'écran affiche déjà 19°. En quelques secondes, il passe à 15° puis à 14... 13... 12°.

Matt le secoue un peu.

– Il doit y avoir un problème avec ce thermomètre, dit-il.

Il consulte alors sa caméra thermique.

– Celle-là, je suis sûr qu'elle marche. Et elle indique une brutale chute de la température.

Je me retiens de lui dire que l'on n'a pas besoin de caméra thermique pour le constater. Il fait ici un froid glacial et un nuage de vapeur se forme devant nos bouches quand nous expirons.

Matt jette un regard autour de lui, puis déclare :

– Tous les carreaux sont cassés. Pas étonnant qu'il y ait des courants d'air !

– Oui, tu as raison, enchérit Bob.

C'est une blague ?

Je ne dis rien. Je me pelotonne dans le sweat de Carla et je saute d'un pied sur l'autre. Autant pour me réchauffer que pour tenir les rats à distance.

Soudain la caméra thermique de Matt s'éteint, puis sa lampe frontale clignote et s'éteint, elle aussi. Aussitôt après, c'est le tour des caméras de Bob et Carla puis de la mienne. On se retrouve plongés dans l'obscurité la plus totale.

– Mais qu'est-ce qui se passe ? s'écrie Bob, troublé.

– Aïe ! crié-je tout à coup en me pliant en deux de douleur.

– Qu'y a-t-il ? demande Matt.

– Je ne sais pas, dis-je, en essayant de me redresser et de reprendre mon souffle.

– Ça va, Loulou ?

Je mens :

– Oui…

Matt s'impose comme le chef naturel de l'expédition. C'est incroyable, il ne cède absolument pas à la panique.

– Du calme ! Remettez d'autres batteries tout de suite !

– Mais on ne voit rien du tout ! proteste Carla.

– Dans un instant, vos yeux se seront habitués au noir et vous distinguerez les contours. Ne vous laissez pas gagner par la peur et la paranoïa. Ayez confiance en vous !

Personne ne moufte. On cherche tous nos batteries dans le noir.

– Aïe ! Qu'est-ce qui se passe ? crie soudain Carla.

Je la sens tomber en avant, puis on entend un bruit sourd. Elle s'est effondrée par terre. Le silence revient.

Matt, qui a réussi à refaire marcher sa caméra thermique à lampe infrarouge, dirige le faisceau de lumière sur Carla. Elle est allongée sur le ventre, la tête contre le sol. Je me jette sur elle en criant son nom.

À la lueur de la lampe rouge de Matt, je parviens à la mettre sur le dos.

Elle saigne. Elle s'est visiblement blessée à la tête, ses cheveux blonds sont déjà tout rouges et poisseux. Elle saigne aussi du nez et de la lèvre supérieure.

Avec deux doigts, je cherche son pouls au niveau du cou, sans succès. Je lui tapote les joues tout en criant son nom de plus en plus fort.

Aucune réponse.

– Qu'est-ce qui se passe ici ? demande Bob.

– Ce n'est rien, elle a dû trébucher dans le noir, répond Matt en s'accroupissant.

– Je ne trouve pas son pouls ! m'écrié-je.

Je lui donne de petites gifles.

– Carla, tu m'entends ? Carla !

Aucune réaction. Je mets ma main devant sa bouche, mais je ne la sens pas respirer.

J'ai soudain une impression de « déjà vu » : j'ai vécu la même chose avec Thomas, j'ai senti la vie quitter son corps que je tenais dans mes bras.

Je me souviens heureusement des gestes de premiers secours, grâce au cours que mon père m'a fortement conseillé de suivre, et je commence à faire un massage cardiaque à Carla.

Après quelques pressions, elle tourne enfin la tête et ouvre des yeux révulsés. C'est impressionnant.

– Reste avec nous, Carla, crié-je.

Matt a posé une main sur son front, déjà ensanglanté.

– Carla, tu es là ? Carla ? Tu m'entends ?

Je continue à lui parler, comme on me l'a appris.

Soudain, j'entrevois une silhouette sombre qui se tient dans un coin et nous observe. Derrière elle, je devine une lumière. Je ne sais pas ce qui me prend, mais soudain je m'entends crier :

– *Vai via, diavolo !* Disparais, espèce de diable !

La silhouette semble se dissoudre et disparaître, à moins que ce soit moi qui aie des hallucinations.

Tout à coup, une chaleur se répand dans mon corps et au même moment une lumière blanche tombe sur le visage de Carla. Elle semble venir du ciel, mais ce n'est que la caméra de Bob, qu'il a braquée sur Carla.

Son corps est parcouru d'une violente secousse, puis elle se redresse et crie :

– Lorenzo !

Je me penche sur elle.

– Carla, ça va ?

Elle m'attrape la nuque et presse mon visage tout contre le sien. Dans la lumière irréelle des deux caméras, ses yeux brillants me fixent. Elle n'est pas elle-même.

Puis elle retombe en arrière. Secoue un peu la tête et perd à nouveau connaissance.

Matt lui a pris le poignet et me regarde.

– Du calme, son pouls est régulier !

– On part d'ici, tout de suite !

Une porte claque au-dessus de nous. J'ai l'impression que quelqu'un marche là-haut. Et de nouveau, ce chuchotement : *Vai via*... Matt peut dire ce qu'il veut – que c'est un oiseau, un rat, un vieux tuyau ou mon cerveau malade – mais je suis convaincue que quelqu'un cherche à nous faire déguerpir au plus vite ! Peut-être est-ce vraiment *Il Dottore di Poveglia*...

Je lève les yeux vers Bob, il est livide.

Je crie :

– Allez, Bob, on s'en va ! Il faut la ramener à Burano ! Maintenant !

Il ne bouge pas.

– BOB !

Soudain, il sort de sa torpeur. Il me tend sa caméra, et glisse ses bras sous le corps inanimé de Carla. Puis il se relève lentement. Entre-temps, Matt a allumé sa lampe frontale et attrapé une petite boîte de premiers secours. Tandis que Bob tient Carla dans ses bras, Matt prend un rouleau de gaze et bande, avec des gestes sûrs, la tête de Carla pour stopper l'hémorragie. Il lui fourre des bouts de coton dans le nez, puis pose une main sur son front et chuchote :

– Ça va aller, tu vas voir, Carla !

Elle ne répond pas.

Un cri strident, probablement celui d'un oiseau, déchire le silence.

Ensuite, Matt dit :

– OK, on va la ramener au bateau.

31

C'est à croire que nous avons réveillé tout ce qui vit sur l'île – ou toutes les énergies.

Des rats courent dans tous les sens, des oiseaux crient aussi bien à l'intérieur qu'à l'extérieur du bâtiment, une chouette pousse des hululements métalliques.

J'ai aussi l'impression d'apercevoir des silhouettes floues et d'entendre partout des voix qui appellent, implorent, crient ; mais je dois avouer que j'ai du mal à faire la part entre la réalité et mes angoisses. Je n'ai jamais eu aussi peur de toute ma vie.

Au moment de sortir de l'hôpital, je crois entendre *Ciao bella* et, à la limite de mon champ de vision, j'aperçois un petit oiseau bleu qui vole vers moi. Je baisse vite la tête pour qu'il ne me fonce pas droit dessus. C'est ma perruche !

– Welly ! crié-je.

Mais, quand je me redresse et que je regarde dans la direction où l'oiseau est parti à tire-d'aile, je ne vois plus rien.

Matt s'arrête un court instant et me demande :

– Tu es sûre que ça va ?

Je fais signe que oui, mais c'est bien entendu un mensonge.

J'ai vraiment cru voir Welly, ma perruche… Mon subconscient et ma paranoïa ont-ils, dans un cocktail diabolique, fait surgir ma perruche disparue ? Welly doit être morte depuis longtemps. Quelle probabilité y a-t-il pour qu'une perruche, élevée en captivité au Danemark, s'échappe de sa cage dans l'avenue Frederiksberg à Copenhague et réussisse à rallier Venise ? Zéro. Ça n'a aucun sens.

Mais rien de ce qui nous est arrivé n'a de sens !

L'île résonne d'un vacarme de tous les diables. Une vraie cacophonie. Les cris doivent être émis par d'immenses oiseaux de proie pour ressembler autant aux gémissements des humains. Pour un ornithologue, Poveglia est certainement le paradis sur Terre, mais, pour une adolescente angoissée par la mort, cela paraît l'antichambre de l'enfer.

Bob, portant Carla dans ses bras, marche devant Matt et moi. Sa respiration est lourde et haletante.

Soudain il s'arrête net. N'est-ce pas une silhouette sombre qui s'avance vers nous ? Ce doit être lui, le psychiatre dément, *Il Dottore*. Il vient nous punir d'avoir dérangé le repos des morts de Poveglia !

Je dois avouer que mon imagination s'emporte un peu.

Par bonheur, c'est seulement Fabio.

En voyant Carla dans les bras de Bob, il crie :

– Qu'est-ce que vous lui avez fait ?

– Du calme, dit Matt. Elle est tombée, ce n'est pas aussi grave que ça en a l'air.

Je me retiens de lui demander comment il peut le savoir.

Fabio est hors de lui.

– Je vous l'avais pourtant dit ! L'île est hantée.

– Pas de panique, répète Matt. Elle est *tombée*, Fabio.

Fabio le fusille du regard, puis, ébloui par la lampe frontale, il plisse les yeux. Il secoue la tête, d'un air plein de reproches, se tourne vers Bob et lui ordonne :

– Laisse-moi la porter !

Bob ne se le fait pas dire deux fois. Alors qu'il est fort comme un bœuf, il paraît vidé de toute son énergie. Je vois ses biceps trembler sous l'effort.

Nous nous hâtons de rejoindre le bateau. Nous réalisons alors que le canot est trop petit pour nous cinq.

Matt soupire.

– Allez-y tous les trois, Bob et moi restons ici à attendre Vladimir !

Ce n'est vraiment pas une poule mouillée. Il n'a pas renoncé à l'idée de terminer ce qu'il a commencé. Je vois mal quelles données il a pu rassembler pour étayer son hypothèse de recherche – selon laquelle il n'y a pas de phénomènes paranormaux à Poveglia.

– Non, personne ne restera ici, tranche Fabio, qui, avec l'aide de Bob, parvient à faire descendre Carla dans le bateau.

Je les suis de près, je n'ai aucune envie de m'attarder ici.

Ils déposent délicatement Carla sur le fond du bateau.

Fabio saisit sa main et dit en italien :

– Carla, *hai visto il Dottore* ?

Elle ne répond pas et se contente de regarder fixement Fabio. Elle a l'air terrorisée, ou peut-être est-elle en état de choc.

– Qu'est-ce qu'il a dit ? chuchote Bob.

– Il lui a demandé si elle a vu le docteur.

– *Il Dottore di Poveglia*, répète Bob lentement avant de s'éclaircir la voix et de crier à Matt : Fabio a raison. Rentrons !

Matt reste sur le quai, hésitant.

– Nous n'avons pas recueilli assez d'informations, Bob !

– Non, Matt. On arrête là !

– De toute façon, nous ne pouvons pas monter tous dans ce bateau, alors laisse-moi au moins appeler Vladimir pour lui demander de venir nous chercher maintenant.

– Comment tu vas t'y prendre, Matt ? Ton téléphone ne marche pas, ici, fait remarquer Fabio.

Matt a un petit sourire méprisant. Il sort son portable d'une des nombreuses poches de son gilet, appuie à maintes reprises sur toutes les touches, sans résultat.

– Il n'y a pas de réseau par ici, constate-t-il.

– On peut dire ça comme ça, ricane Fabio.

– Je reste ici et j'attends l'aube, répond Matt, toujours aussi têtu. Je veux en terminer avec cet endroit !

À peine a-t-il dit cela qu'un carillon déchire l'obscurité de la nuit : les cloches de l'église ! Elles sonnent à toute volée. Qui tire sur les cordes ?

Nous tressaillons tous. Même Matt.

– Allez, viens avec nous. Maintenant ! le supplie Bob.

Matt hésite encore.

– Allez-y, vous autres. Carla a besoin d'aide !

Puis Matt devient soudain pâle comme un linge, tout son corps se met à trembler et il tombe lentement à genoux.

– Que se passe-t-il ? crie Bob.

Mais Matt n'est pas en état de répondre. Agenouillé, il regarde fixement dans le vide. Les cloches continuent de sonner à toute volée.

Bob et Fabio sortent du bateau et, à deux, parviennent à faire embarquer Matt. Il n'oppose aucune résistance, l'air absent, désorienté. Le canot surchargé est très bas sur l'eau.

Fabio essaie de faire démarrer le moteur plusieurs fois en vain.

– Île maudite !

Bob se met à ramer, pendant que Fabio s'escrime sur le moteur. À cet instant, je pourrais embrasser Bob.

Selon Fabio, si on arrive à atteindre Malamocco, on sera tirés d'affaire.

– C'est où, Malamocco ?

Fabio indique l'est.

– Là où vous voyez les lumières. Malamocco est une petite ville qui se trouve sur cette île, le Lido di Venezia. Bob, tu crois que tu peux ramer jusque-là ?

Bob ne répond pas et se contente de sortir du canal qui mène vers l'hôpital.

Matt revient doucement à lui. Il a l'air à la fois troublé, découragé et déçu. Quant à moi, je suis assise dans le fond du bateau à côté de Carla, dont je caresse le front en chuchotant :

– Tu verras, ça va bien se passer.

Elle ne répond pas, toujours évanouie. J'écarte légèrement le bandage pour voir sa blessure. Ça ne paraît pas si terrible que ça. Mais ça saigne toujours beaucoup.

Sa lèvre supérieure, elle, ne saigne plus, mais elle a doublé de volume. Carla fait peur à voir, avec ses deux mèches de coton dans les narines.

S'il n'était pas si effrayant, le spectacle pourrait faire rire : cinq personnes dans un petit bateau, avec un homme bâti comme Stallone qui rame comme un fou pour s'éloigner de Poveglia ; un Italien qui pousse des jurons et tente désespérément de remettre en marche son vieux moteur mort ; un geek silencieux qui louche, une lampe sur le front ; Carla avec sa tête bandée et ses bouts de coton qui lui sortent du nez et moi avec ma petite jupe courte noire et mes escarpins ridicules...

La situation n'a pourtant rien de drôle. Je lève les yeux au ciel et murmure :

– Ô Dieu, si tu existes vraiment, aide-nous...

Soudain Carla m'agrippe le bras, se redresse et dit :

– Loulou ? Tu as senti la présence de Dieu sur cette île ? Je crois que nous avons été en contact avec quelque chose d'autre...

– Carla, ça va ?

– Oui, oui !

Elle essaie de se lever.

– Aïe, j'ai mal !

Elle porte une main à sa tête et touche le bandage.

– Qu'est-ce que c'est que ça ? gémit-elle.

– Tu as fait une chute.

Elle tousse.

– Loulou, je meurs de soif.

Matt sort une bouteille de Coca de son sac à dos.

Je dois avouer que la caféine et le sucre peuvent être un cocktail efficace. Carla vide la bouteille d'un trait et retrouve peu à peu ses couleurs. Elle insiste même pour venir s'asseoir à côté de Bob, dont le visage est violacé par l'effort. On voit le sang pulser dans l'énorme artère de son cou.

– Non, tu restes où tu es, lui crie Bob.

Ah, ça fait plaisir de voir qu'il a un peu de caractère ! Enfin !

Nul besoin d'être expert en navigation pour voir que notre projet est vain. Bob a beau être super costaud, je vois mal comment il peut mener jusqu'à Malamocco cette barque surchargée.

Nous avons maintenant quitté l'île de Poveglia, et notre bateau, déjà lesté par ses passagers, subit en plus les assauts des vagues de la lagune.

Bob est à bout de forces. Ses bras tremblent tellement ses muscles travaillent. Son visage grimace de douleur : chaque mouvement le fait à présent souffrir. Arrive alors ce que chacun redoutait. Une rame lui glisse des mains et, comme dans un film au ralenti, je la vois tomber dans la mer et être aussitôt emportée par le courant. Il crie, se lève dans une tentative désespérée de la rattraper, mais il ne fait que déséquilibrer davantage la barque. Je suis convaincue qu'on va chavirer et que c'est la fin.

Une image de Thomas surgit alors devant ma rétine et me remplit à la fois de joie et de profonde tristesse. Il y a tant de choses que j'aurais aimé lui dire… tant de choses…

32

Bob se rassoit rapidement, la barque se redresse. Le silence s'instaure. Nous nous dévisageons les uns les autres. Nous nous posons tous la même question : comment cela va-t-il finir ?

La panique monte. C'est sans espoir. Le courant nous emporte de plus en plus loin, dans la nuit noire.

Soudain, j'entends un bruit que je reconnais entre mille : celui d'un portable qui s'allume. C'est celui de Matt. Fabio lève les yeux, sourit. Puis tire sur le cordon du starter. Le moteur redémarre dans un rugissement et le bateau s'élance avec une violente secousse.

Matt manque de passer par-dessus bord avec tout son matériel, mais il arrive à s'agripper à temps au rebord. Carla gémit et Bob jure, puis se tourne vers Matt qui, aussi perplexe que lui, secoue la tête.

– Nous avons échappé à la malédiction de Poveglia, s'écrie Fabio.

Carla me saisit le bras et m'attire vers elle. Je vois de la démence dans ses yeux.

– J'ai aperçu la plus belle lumière que j'aie jamais vue. Il faut que je retourne là-bas et que j'y entre.

– Que tu entres où, Carla ?

– Dans le tunnel.

– Le tunnel ?

– Je n'ai jamais atteint la lumière…

Je pense d'abord qu'elle me fait marcher, mais elle ne plaisante pas. Elle est allongée, immobile, le regard fixe, avec sur le visage une expression que je ne lui connais pas.

– Carla, de quoi tu me parles ?

Mais elle ne me répond pas.

Je me retourne et adresse un dernier regard à Poveglia. Dans la clarté de la lune, l'île paraît encore plus sombre et inquiétante, entourée de bancs de brouillard, où se détachent les ombres de grands rapaces noirs qui tournoient autour de l'hôpital, en poussant des cris à vous glacer le sang.

J'ai une impression de « déjà vu ». Oui, j'ai déjà été ici. Dans mes rêves. Mais Thomas était alors avec moi.

33

Arrivés à Burano, nous sommes tous épuisés et passablement secoués. Carla est consciente, mais silencieuse. Fabio insiste pour l'emmener aux urgences afin qu'on lui pose des points de suture sur sa blessure à la tête, mais elle refuse tout net.

– Je vais très bien, répète-t-elle sans arrêt.

Mais elle n'en a pas l'air. Son nez est gonflé, sa lèvre tuméfiée a doublé de volume et le bandage autour de sa tête lui donne un air inquiétant.

Tels des blessés de guerre, nous amarrons le bateau et regagnons la terre ferme. Carla s'assoit sur des marches et regarde fixement devant elle. Matt et Bob proposent de nous aider à la ramener à la maison.

– C'est gentil, répond-elle d'une voix égale, mais je peux marcher.

Bob s'assoit à côté d'elle et lui prend la main.

– Carla, tu es sûre que ça va ?

Elle hoche la tête.

– J'aimerais te raccompagner chez toi. Je peux te porter, si tu veux.

Elle fait non de la tête et chuchote d'une voix rauque :

– Ce n'est vraiment pas la peine, Bob, je t'assure.

Il fait signe qu'il comprend tout en lui caressant la main.

– Laisse, je vais m'occuper d'elle, intervient Fabio d'une voix ferme. De toute façon, vous allez dans la direction opposée, ajoute-t-il sur un ton plus amical.

Bob a l'air déçu. Il hésite un instant, puis se lève. S'approche de Matt qui attend patiemment. Ils prennent leur matériel. Aucun de nous ne trouve de réplique adaptée à la situation.

Jusqu'à ce que Matt déclare :

– Eh bien… merci pour la balade.

Il esquisse un sourire embarrassé.

– Bon, je crois qu'on ferait bien de rentrer, ajoute-t-il.

Bob jette un regard inquiet sur Carla qui s'est relevée. Elle doit s'appuyer contre un mur pour tenir debout.

– Tu es sûre que tu ne veux pas que je…

– Mais oui, il n'y a pas de problème. Et puis j'ai Fabio. Et Loulou.

Bob hoche la tête et chuchote :

– À bientôt.

Et ils s'éloignent. Bob fait trois pas, puis rebrousse chemin pour venir enlacer Carla. Elle semble si petite et fragile dans ses bras de géant.

Il me serre aussi contre lui et en profite pour me glisser un « Prends soin d'elle » dans l'oreille. Et il étreint même Fabio, ça alors ! Fabio est tout gêné et se contente de lui donner une tape dans le dos.

– Je suis désolé, dit Bob.

Matt semble hésiter à nous serrer dans ses bras lui aussi, mais il se contente de sourire et de dire à Bob :

– Bon, on y va.

Petit signe de tête rapide entre nous. Puis ils descendent vers le port.

Fabio et moi agrippons Carla. Nous devons presque la traîner jusqu'à la maison.

Toni et *nonna* Rita nous attendent à l'intérieur du restaurant. Ils nous ont attendus là toute la soirée et se lèvent d'un bond.

Difficile de dissimuler que Carla ne va pas bien. Je ne sais pas comment, mais j'arrive à inventer une histoire selon laquelle nous avons été à Torcello et Carla est tombée après avoir bu un peu trop du prosecco de Toni. Cela *pourrait* être vrai.

Toni nous passe un savon et ma grand-mère tient une conférence en danois entrecoupé d'italien pour critiquer cette jeunesse qui fait n'importe quoi.

– Oui, souffle Carla. La jeunesse est faible et l'a toujours été.

Toni insiste pour nettoyer la plaie de Carla avec de l'alcool et changer son bandage. Il est impressionné par sa blessure.

– Tu t'es cogné avec le diable, ma jolie ?

Elle lui sourit et répond dans un dernier effort :

– Tu ne crois pas si bien dire, oncle Toni.

Ensuite, Fabio et moi aidons Carla à monter l'escalier jusqu'à notre chambre. Elle a le vertige et mal partout. Nous parvenons à l'allonger sur son lit. Elle est exténuée et je suis obligée de l'aider à se déshabiller.

Je me tourne vers Fabio.

– Tu peux y aller maintenant. Le reste, je m'en charge toute seule.

Il hoche la tête sans rien dire, mais je vois bien qu'il préférerait rester.

Il se penche et embrasse Carla sur le front, mais elle est déjà ailleurs.

– Veille sur elle, me chuchote-t-il.

Je fais un signe entendu.

Au moment où il va sortir, Carla marmonne :

– Fabio, tu as le bonjour de quelqu'un.

– De qui ?

– De ta grand-mère maternelle.

Il s'arrête net sur le pas de la porte, chancelle et doit s'agripper au chambranle.

– Pardon, qu'est-ce que tu as dit ? demande-t-il.

Carla paraît soudain troublée.

– Euh… non, rien.

Elle se tient les tempes, ferme les yeux.

Il la fixe intensément, puis secoue la tête et descend en trombe l'escalier.

– Aïe, gémit Carla qui, allongée, essaie d'enlever son pull.

– Attends, je vais t'aider.

Je lui retire son pull. Elle a des bleus sur tout le corps. Outre ses blessures à la tête et au visage, elle s'est aussi écorché les genoux et les coudes.

Je lui enlève ses chaussures. Ses chaussettes blanches sont toutes rouges. De sang. Elles sont collées à ses pieds. Je tire dessus précautionneusement, ce qui la fait gémir. Ses chaussettes à la main, je fixe ses pieds nus et reste sans voix. On dirait qu'ils ont été râpés jusqu'au sang, comme si quelqu'un l'avait traînée par terre.

– Je vais chercher une serviette humide. On a l'impression qu'on t'a arraché la peau des pieds.

– C'est ce que je ressens.

– Tu t'es coupée sur quelque chose ?

– Non, pas que je sache.

Avec la serviette, je lui essuie doucement les pieds.

– Aïe, je crois que ça suffit comme ça, Loulou.

– Au fait, Carla, qu'est-ce que ça signifie, ce que tu viens de dire à Fabio ?

– Je ne sais pas, Loulou, je me sens si fatiguée. On ne peut pas reparler de tout ça demain ?

Je fais oui de la tête.

Puis je remonte délicatement le drap et la couverture sur son corps endolori. Elle est frigorifiée.

– Je crois qu'on se passera d'air conditionné cette nuit, Carla. Qu'est-ce que tu en dis ?

– Oui, je caille, c'est un truc de malade, gémit-elle.

34

Je me réveille, le corps tout frissonnant. Il fait nuit noire et l'air conditionné est poussé au maximum.

J'allume ma lampe de chevet, m'approche à pas de loup du lit de Carla et saisis la télécommande sur sa table de nuit. Elle aussi claque des dents dans son sommeil, oui, elle tremble de froid. Pourquoi a-t-elle mis en marche la climatisation ?

Je l'éteins et retourne dans mon lit.

Carla murmure dans son sommeil, mais je ne comprends pas ce qu'elle dit.

Même si je suis secouée par les événements de la nuit, je sens le sommeil me submerger, tant je suis fatiguée.

Juste au moment où je sombre, l'air conditionné se remet en marche.

– Carla, tu ne peux pas éteindre l'appareil une bonne fois pour toutes ?

Elle ne répond pas.

– Carla !

Toujours pas de réponse. Je grelotte, me recroqueville sous le drap dans une tentative désespérée de me réchauffer.

Clic !

Même les yeux fermés, je vois bien qu'on a allumé la lumière. Je me redresse dans mon lit.

– Carla ?

Silence.

Je me frotte les yeux. Cette lumière est bizarre. Soudain je comprends. Elle vient d'en haut. Du lustre.

– Carla, c'est toi qui as allumé ?

Pas de réponse.

Ma cousine repose immobile dans son lit. Apparemment dans un sommeil profond.

Comment ce lustre a-t-il pu soudain s'allumer, alors qu'il n'a jamais fonctionné ? Je rassemble mes esprits, me relève et vais éteindre la climatisation. Ensuite j'appuie sur l'interrupteur du lustre, qui s'éteint lui aussi. J'essaie de le rallumer : il ne se passe rien. Vraiment étrange.

Je me glisse vite dans mon lit et me blottis sous le drap. Maintenant qu'il n'y a plus l'air conditionné, je me réchauffe enfin. Je tente de faire le vide dans ma tête dans l'espoir de sombrer dans un sommeil réparateur qui me libérerait.

Clic. Le lustre se rallume.

S'éteint. Se rallume.

Je m'assieds dans mon lit. Carla aussi est réveillée à présent. Les yeux écarquillés, elle me fixe, puis porte son regard sur le lustre.

– Carla, est-ce que c'est toi qui l'as allumé ?

Elle ne dit rien, le regard halluciné.

– Carla, est-ce que c'est toi…

– *Vai via* !

– Qu'est-ce que tu as dit ?

Elle se jette en arrière dans son lit.

Elle a dû parler dans son sommeil.

La lumière du lustre baisse progressivement.

La chambre est de nouveau plongée dans l'obscurité et le silence.

Je reste assise dans mon lit. Choquée et troublée.

– Carla ?

Je m'approche d'elle tout doucement. Elle dort. Je la secoue un peu, mais elle réagit mollement, murmurant en danois :

– Arrête avec ça, Loulou !

Puis elle se tourne sur le côté et se rendort.

35

Le lendemain, Carla doit garder le lit. Elle est incapable de tenir sur ses jambes. Fabio et moi assurons le service au restaurant. À la moindre petite pause, je cours voir comment elle va. Elle ronfle légèrement. Elle paraît si petite et vulnérable, allongée dans son lit avec son nez gonflé et sa lèvre supérieure tuméfiée. Elle donne des coups de pieds pour rejeter sa couverture et gigote dans tous les sens, en gémissant dans son sommeil.

Ses pieds sont toujours sanguinolents, alors qu'elle portait des chaussures à Poveglia... Je n'y comprends rien.

Je lui caresse le front.

Elle passe la plus grande partie de la journée à dormir. Nous venons tous, à tour de rôle, la veiller. Toni et *nonna* Rita disent que ça lui fait du bien de récupérer. Le soir, elle semble effectivement aller mieux. Je monte la voir avec une soupe à la tomate bien chaude. Elle est assise dans son lit et elle me sourit en s'étirant.

– C'est vraiment incroyable d'être fragile à ce point ! s'écrie-t-elle.

J'approuve de la tête et lui tends la soupe.

– Je me sens mieux, beaucoup mieux maintenant ! déclare-t-elle en commençant à manger.

– Tant mieux. Est-ce que tu as compris ce qui est arrivé hier, Carla ?

Elle secoue la tête.

– Est-ce que tu penses toujours qu'il ne se passe rien de surnaturel à Poveglia ?

Je sais que je dois être agaçante avec mes questions, mais je ne peux pas m'en empêcher.

– Tu crois que Bob et Matt ont recueilli des données exploitables pour leur projet de recherche ?

Elle continue à manger sans me répondre ni me regarder.

– Je trouve honnêtement qu'il y avait des trucs louches sur cette île, Carla, et je ne pense pas qu'on puisse tout expliquer par la paranoïa.

– Je n'ai vraiment pas envie d'en parler, lâche-t-elle.

Silence.

– Carla, pourquoi le lustre s'est allumé cette nuit ?

– Tu es sourde ou quoi ? Je te dis que je n'ai pas envie d'en parler ! répète-t-elle.

Elle pose son assiette à moitié pleine sur la table de nuit, porte les doigts à ses tempes avec l'air de souffrir terriblement.

– Tu as mal à la tête ?

– Oui, un peu.

– Tu devrais voir un médecin. Tu as peut-être eu une commotion cérébrale ?

– Non, non, ce n'est rien...

– Tu veux des cachets contre la migraine ?

– Oui, merci.

Elle passe une nuit agitée. Moi aussi. Je flotte entre rêve et réalité. J'ai l'impression que des rats infectés par la peste sont au pied de mon lit et je n'arrête pas de me gratter comme s'il y avait des puces dans mes draps. À un moment, je suis persuadée qu'un énorme rapace, un aigle peut-être, plane au-dessus de mon lit en chuchotant : *Vai via*.

Je suis obligée d'aller aux toilettes même si je déteste traverser le couloir la nuit. Encore plus après ces derniers événements. J'allume ma lampe de chevet et me faufile en dehors de la chambre. J'aperçois en passant mon reflet dans le grand miroir doré ovale. Je crois voir une ombre passer derrière moi. Je me retourne brusquement : rien.

Je reste immobile, puis je chuchote :

– Il y a quelqu'un ?

Je respire profondément pour essayer de me détendre. Ce n'est pas le moment de paniquer.

Quand je reviens des toilettes, Carla est réveillée. Assise dans son lit, elle se masse les tempes.

– Où étais-tu, Loulou ?

– J'ai dû aller aux toilettes.

– Ah, j'ai eu l'impression que… Non, rien, ce n'était qu'un rêve.

– De quoi rêvais-tu ?

Elle secoue la tête.

– Ce n'était rien, je t'assure.

– Dis-le quand même.

– Je ne m'en souviens plus…

– Allez, Carla, dis-le !

Elle a l'air troublée.

– Carla, tu es sûre que ça va ? Tu as l'air d'avoir très mal à la tête.

Elle acquiesce et continue à masser ses tempes tout en se balançant légèrement d'avant en arrière.

– Loulou, est-ce qu'il t'est déjà arrivé de…

– De quoi ?

– Rien. Dormons, je suis si fatiguée.

Elle s'allonge.

J'éteins, et reste à fixer l'obscurité.

– Bonne nuit, Carla.

Elle ne répond pas.

Je n'arrive pas à trouver le sommeil. Je suis sur le qui-vive, convaincue que quelque chose d'inquiétant va se produire.

J'attends que le lustre fasse son petit numéro démoniaque.

Mais il ne se passe rien. Absolument rien.

36

C'est difficile à croire, mais dès le lendemain Carla insiste pour retourner travailler. Nous essayons tous, Fabio, Toni, *nonna* Rita et moi-même, de la convaincre de rester au lit, en vain. Je la soupçonne d'avoir peur de rester seule dans la chambre.

Elle clopine entre les tables, l'air triste et abattu. Elle porte toujours son bandage autour de la tête, sa lèvre supérieure est encore gonflée, tout comme son nez. Elle ressemble à un boxeur poids lourds au lendemain d'un combat où il a été battu par KO.

Chaque pas semble la faire souffrir. Mais elle lutte pour rester debout.

Dans la cuisine, Toni nous prend à part, Fabio et moi. Il veut savoir ce qui s'est exactement passé à Torcello. Et je dois avouer que je suis épatée par ma capacité à inventer des mensonges. Je les débite en regardant Toni droit dans les yeux : trop de prosecco, les deux imbéciles d'Américains, la chute du Ponte del Diavolo. C'est fou comme j'enchaîne les anecdotes avec aisance. Ça me choque moi-même.

Toni semble gober mon histoire. Fabio ne dit rien. Mais Dieu sait ce qu'il pense de moi.

La menteuse du Danemark.

Carla sourit, rit, fait tout son possible pour être la Carla enjouée d'avant, mais quelque chose a changé.

Fabio est silencieux, le visage grave. Il ne me fait pas de clin d'œil, ne plaisante pas. Se concentre sur son travail et jette des regards inquiets à Carla.

Nonna Rita est troublée. Une chape de plomb semble être tombée sur le restaurant. Tout l'entrain de la jeune équipe de Toni a disparu comme par enchantement.

Dans la soirée, Matt et Bob réapparaissent. Carla leur tourne immédiatement le dos, se dirige vers moi et me demande :

– Tu veux bien leur dire de s'en aller ?

– Pourquoi ?

– Parce que je ne supporte pas de voir ces deux imbéciles.

– Mais pourquoi ?

– Parce que… Je ne veux pas qu'ils m'approchent, tu as compris ?

– Voyons, Carla. Ce n'est pas de leur faute si…

– Loulou, débrouille-toi pour qu'ils dégagent !

Elle commence à haleter et se touche les tempes. Elle souffre, c'est évident.

Je cours vers les deux hommes.

– Comment va Carla ? demande Bob, inquiet.

Je secoue la tête en faisant un geste d'impuissance.

– Pas fort.

– Elle a peut-être eu une commotion cérébrale, dit Matt, qui n'arbore plus sa crête de coq. Il ne faut pas prendre ça à la légère.

– Elle ne veut pas vous voir !

– Pourquoi ? s'étonne Bob, déçu.

– Je ne sais pas. Elle n'est pas elle-même.

– Elle est encore en état de choc ? demande Matt.

– Peut-être, chuchoté-je. Mais il faut que vous partiez maintenant.

– On était venus vous dire au revoir.

– Au revoir ?

– Oui. Nous partons dans la soirée.

– Et votre projet de recherche ?

Matt hausse les épaules.

– On poursuivra nos recherches ailleurs. On ne peut pas rester ici éternellement.

– Vous avez jeté un coup d'œil sur ce que vous avez filmé ?

Ils échangent un bref regard, puis Bob répond :

– Toutes les bandes sont vierges.

– Comment ça ?

– Nous ne savons pas pourquoi, mais elles sont toutes noires.

– Et le dictaphone ? Qu'est-ce qu'il y a dessus ?

Matt s'éclaircit la voix puis secoue la tête.

– Pas grand-chose. Juste un bruissement étrange. Je ne crois pas qu'il ait fonctionné.

– C'est quand même bizarre, dis-je en les regardant tour à tour.

Ils se contentent de hocher la tête.

– Vous ne voulez pas retourner à Poveglia ?

– Non, on va laisser tomber Poveglia, répond Bob avec un sourire gêné.

– L'île ne vous intéresse plus comme objet d'étude ?

– On peut dire ça comme ça, admet Bob.

Matt garde le silence.

– Nous voulions seulement vous dire au revoir, reprend Bob en lorgnant Carla.

– Je regrette, mais elle n'est pas dans son état normal et ne veut pas vous parler.

Bob hoche la tête, l'air déçu.

– OK, passe-lui le bonjour et dis-lui que je serais content si elle…

Il s'interrompt et tire une carte de visite de sa poche.

– Donne-lui ça, si jamais elle a envie de me contacter un jour…

Je glisse la carte dans la pochette que j'ai autour de la taille, puis je lui tends la main. Il me serre alors dans ses bras très fort. Je crains un instant que mes poumons se ratatinent. Enfin, il relâche son étreinte.

– Ça m'a fait plaisir de vous connaître, Scandinaves cinglés.

– C'était réciproque, Américains zinzins.

Nous nous forçons à rire.

– Dis à Carla que je regrette que ça se termine comme ça, vraiment. J'aurais tellement aimé que… c'est une fille formidable !

J'acquiesce.

– Et le bonjour à Fabio !

Puis Matt s'approche et me prend dans ses bras, mais on sent que ça lui coûte. Il est clair que ce n'est pas dans ses habitudes.

– À bientôt, chuchote-t-il d'une voix rauque.

– Oui, dis-je.

Mais je doute de le revoir un jour.

– Prends soin de Carla ! Et de toi-même.

Ils hésitent. Tout gênés. Une drôle de paire, tous les deux. L'immense Bob et le minuscule Matt.

– LOULOU !

C'est Toni qui m'appelle.

– Euh, je dois y aller... Il y a beaucoup de boulot.

Je retourne en courant au restaurant.

Carla se tient sur le seuil de la porte.

– Bon débarras ! lâche-t-elle.

– Tu exagères. Tu as le bonjour de Bob, il était vraiment désolé pour toi et m'a priée de te remettre ceci, dis-je en lui tendant sa carte.

Elle y jette un coup d'œil.

– « Chercheur anomalistique », c'est complètement ridicule, commente-t-elle.

37

Je me réveille en sursaut. J'avais réussi à sombrer dans un profond sommeil.

Mon lit vibre si violemment que j'ai peur de tomber. Je me cramponne aux barres de la tête de lit derrière moi.

Je n'ai qu'une pensée : un tremblement de terre !

Ce n'est pas inhabituel en Italie. Il n'y a pas si longtemps, un terrible séisme a tué plusieurs centaines d'Italiens et détruit des villages entiers. Mais c'était plus au sud.

À ma connaissance, Venise n'est pas située à un endroit connu pour son activité sismique…

Soudain, tout s'arrête et mon lit s'immobilise.

J'appelle Carla, mais elle ne répond pas.

J'allume ma lampe de chevet. Tout est silencieux, Carla dort paisiblement. Je tends l'oreille. Après un tremblement de terre, les gens sortent en courant de leurs maisons, non ? Ou, en tout cas, ils poussent des cris.

Mais le silence est si total que c'en est presque inquiétant. Il fait chaud, la climatisation est éteinte.

Tout est calme et paisible, et pourtant... j'entends comme un tintement. Je reste immobile, les oreilles grandes ouvertes.

Cela vient du côté de Carla.

– Carla ?

Elle ne répond pas.

Je m'approche d'elle. J'allume sa lampe, mais cela ne la réveille pas.

Sur sa table il y a un verre d'eau qui avance et recule d'un bord à l'autre. Est-ce que je deviens folle ?

Je sens revenir l'angoisse : frissons le long de la colonne vertébrale, chair de poule, palpitations, mains moites. J'aimerais appeler Matt pour qu'il trouve une explication rationnelle et convaincante à tout cela.

Je prends mon courage à deux mains et saisis le verre, qui se brise aussitôt. Un cri s'étrangle dans ma gorge.

J'entends alors un *clic* et la lumière du lustre inonde la pièce. Je lutte pour me raisonner.

– Loulou, ces installations électriques datent de Mathusalem, il y a un système de va-et-vient ou je ne sais quoi qui les fait clignoter, dis-je à haute voix pour ne pas me laisser gagner par la panique.

Je saigne un tout petit peu au pouce droit, mais ce n'est qu'une égratignure.

Carla se redresse dans son lit et me regarde fixement.

– Lorenzo, où es-tu ? chuchote-t-elle.

– Carla, tu es réveillée ?

– Tu m'as trahie. Je t'ai attendu une éternité.

– ARRÊTE ÇA ! crié-je.

– Lorenzo, il faut que tu viennes avec moi !

Je ne sais pas ce qui me prend, mais je l'empoigne et la secoue.

– La ferme, tu entends, la ferme !

38

Carla revient à elle.

– Aïe, Loulou, mais qu'est-ce que tu fais ?

Je me laisse tomber à côté d'elle en répétant :

– Qu'est-ce qui se passe ? Qu'est-ce qui se passe ici ?

– Je ne sais pas, Loulou. Je ne sais vraiment pas.

– Excuse-moi, Carla. Excuse-moi !

Je prends sa main.

– Est-ce que tu as remarqué les secousses ? Est-ce que tu as vu le lustre clignoter et le verre d'eau bouger tout seul avant de se briser dans ma main ?

Elle ne répond pas, hausse seulement les épaules.

Elle hésite, puis dit :

– C'est difficile à expliquer, mais depuis notre balade à Poveglia… je ressens des choses bizarres, comme si je ne pouvais plus rassembler mes idées. Tout se mélange dans ma tête. Je ne sais plus où j'en suis. Peut-être que j'ai vraiment eu une commotion cérébrale.

– Qu'est-ce qui t'est réellement arrivé là-bas, sur l'île, Carla ?

Elle me regarde droit dans les yeux.

– Je ne sais pas. J'ai été envahie par une force. Puis tout est devenu noir. Ça te paraît débile ?

Je secoue la tête.

– Quand j'étais par terre, j'ai éprouvé un sentiment de bonheur total, comme si je quittais mon corps. J'ai eu la sensation de m'élever et de m'observer de là-haut. Je vous voyais aussi, toi et Matt penchés au-dessus de moi, pendant que Bob restait pétrifié, le regard fixe. Comme s'il regardait quelque chose plus loin dans le couloir sombre. Et soudain elle s'est précipitée vers moi... et derrière elle il y avait cette lumière blanche.

– Qui s'est précipité vers toi ?

Elle secoue la tête.

– Je ne sais pas. C'était peut-être une hallucination.

– Carla, je ne trouvais plus ton pouls. J'ai lu des textes sur des expériences de mort imminente, on retrouve toujours cette impression de quitter son corps et cette vision d'un tunnel avec une lumière blanche au bout...

– Je t'arrête tout de suite, Loulou ! Je ne veux pas entendre parler d'expérience de mort imminente !

D'accord, je me suis fait mal, mais je n'ai jamais failli mourir.

– Ton cœur ne battait plus.

– C'est toi qui le dis. Tu n'es pas médecin, que je sache ? D'ailleurs, un groupe de chercheurs de Slovénie a établi que ces expériences de mort imminente sont dues à un excès de dioxyde de carbone dans le sang. Ce serait à l'origine de toutes ces hallucinations.

– Carla, tu trouves une explication scientifique à tout. Mais pourquoi aurais-tu trop de dioxyde de carbone dans le sang ?

Nous restons silencieuses un moment.

– OK. Si on laisse de côté Poveglia, reconnais qu'il se passe des choses bizarres ici, maintenant. Tu l'as remarqué aussi bien que moi : les secousses, le lustre, le verre...

Elle secoue la tête.

– Tout ça est lié, murmure-t-elle en se prenant à nouveau les tempes. Mais ça se bouscule dans ma tête, je n'arrive pas à raisonner.

Carla éclate en sanglots, ce qui n'est pas du tout son genre. Je me sens toute bête à côté d'elle.

– Mais enfin, Carla..., dis-je en tapotant sa main.

– Loulou, j'ai l'impression de ne plus rien contrôler du tout.

– Ça va aller, calme-toi... Allonge-toi et repose-toi un peu, Carla.

– Tu restes ici ?

– Oui, bien sûr.

Je remonte le drap et la couverture sur elle et lui caresse doucement le front.

– C'est bon quand tu fais ça…

Alors je reste à caresser son front jusqu'à ce qu'elle s'endorme.

Je dois moi aussi avoir somnolé. Une vibration me fait sursauter. Cela vient de ma table de chevet. Bien sûr ! C'est mon portable. J'ai reçu un SMS ? En pleine nuit ?

Je me lève doucement et prends mon téléphone. Je lis :

Loulou, ça va ?
Bises, Thomas.

39

Je retiens mes larmes.

J'écris seulement un grand « NON » et envoie le message.

Il répond aussitôt :

Que se passe-t-il, Loulou ?

Je ravale ma fierté et je l'appelle.

À l'instant où j'entends sa voix, j'éclate en sanglots. Est-ce que c'est l'angoisse ? Ou le soulagement de le retrouver enfin et de sentir sa présence ? Je ne sais pas, mais je suis bouleversée et je pleure si fort que je n'arrive pas à prononcer un mot.

– Loulou ?

– Thomas, je…

Je ne peux pas en dire davantage. Mon estomac est pris de crampes, mon corps se met à trembler et mes mots s'étranglent dans ma gorge.

– Loulou, s'il te plaît… qu'est-ce qu'il se passe, ma chérie ?

Ma chérie ? Je n'arrive toujours pas à parler.

– Loulou, est-ce que tu peux m'appeler sur Skype ?

– Il n'y a pas de connexion Internet ici, bredouillé-je.

– Ah, c'est donc pour ça…

Je respire profondément et tente de me ressaisir.

– Loulou, ça va ? demande-t-il pour la énième fois.

– Oui, chuchoté-je, ou plutôt non… C'est difficile à expliquer, Thomas.

– Loulou, qu'est-ce qu'il se passe là-bas ?

– Je ne sais pas très bien. Et toi, ça va ?

– Ça va. Je souffre un peu du décalage horaire, je viens de rentrer de Chine.

– Tu as gagné ?

– Oui.

– Félicitations.

Un silence.

– Thomas, tu es toujours là ?

– Oui !

– C'est bon d'entendre ta voix.

– Je trouve aussi, même si la tienne est un peu rauque.

Je souris. Un peu.

– Loulou, je m'inquiète pour toi. Qu'est-ce qu'il t'arrive ?

– C'est difficile… Je crois qu'il y a quelque chose !

– Loulou, je ne t'entends pas bien…

Je parle plus fort.

– Nous avons été sur une île qui s'appelle Poveglia et après cela…

– Loulou, je t'entends très mal, il y a de la friture sur la ligne…

Effectivement, je perçois un bruissement et sa voix devient indistincte. Comme si elle se noyait dans ce son parasite.

– Thomas ! crié-je dans l'appareil.

La communication est coupée. Je rappelle, mais tombe sur un répondeur automatique. Une voix de femme me dit en italien qu'il est impossible d'obtenir ce numéro pour l'instant.

Je réessaie plusieurs fois, avec toujours le même résultat. Quant aux SMS, rien à faire, ils restent dans ma boîte d'envoi.

Je récupère ma valise sous le lit, en sors la photo de Thomas et l'examine à la lueur de la lampe. Ses lèvres, ses cheveux noirs, son œil vert et son œil bleu…

J'aime ce regard… J'aime Thomas…

Tout paraît si juste quand je suis avec lui.

Comme une midinette, je presse mes lèvres contre la photo et la glisse sous mon oreiller. Comme si elle pouvait me protéger des forces du mal.

Carla gémit dans son sommeil.

Il faudrait peut-être la faire examiner par un médecin ? Ne présente-t-elle pas tous les symptômes d'une commotion cérébrale ?

Je me force à sortir dans le couloir pour prendre une balayette dans le placard à balais. On est en pleine nuit, mais de la lumière filtre sous la porte de la chambre de ma grand-mère. Je m'approche et ouvre doucement la porte.

Elle dort. Avec une croix et un chapelet dans la main. Et son dentier dans un verre sur la table de chevet.

Pourquoi dort-elle avec la lumière allumée ? Elle se retourne dans son sommeil. Je me hâte de refermer la porte et de me faufiler dans ma chambre.

Je balaie les éclats de verre. Cela me repose l'esprit de faire des choses pratiques.

Je m'apprête à éteindre la lumière quand j'entends un bruit à la porte.

Puis j'aperçois une ombre fugitive dans le miroir ovale…

40

Quand je me réveille, Carla dort profondément. Je l'observe un moment, son sommeil semble paisible. Tant mieux. Je me prépare en faisant le moins de bruit possible.

Difficile de rester calme après les événements de la nuit. Tout me paraît à présent irréel.

Je ne veux plus y penser. Une seule chose compte : joindre Thomas !

Je n'arrive toujours pas à le contacter. Ni de la chambre ni de la salle de restaurant. Je fais quelques pas dans la rue et, *ding*, la connexion est immédiatement rétablie.

Comme j'ai plaisir à lui parler… Je me rends compte à quel point il me manque. Et j'ai l'impression que c'est réciproque. Pas un mot sur Amanda.

Je lui raconte tout ce qui est arrivé ces dernières semaines – ou presque. Pas la peine de lui faire part de notre excursion nocturne complètement ratée à Torcello avec Fabio. Je lui parle du travail, de Burano, de Carla, de Bob et de Matt. De notre balade à Poveglia. Puis je me mets à pleurer lorsque j'évoque les événements de la nuit.

Thomas dit que je dois me calmer, qu'il y a sans doute une explication rationnelle à tout cela. Il connaît Poveglia de réputation, mais ignorait que je me trouvais à proximité de cette île.

– On avait décidé de ne plus s'occuper de ce genre de choses, rappelle-t-il.

Puis il se lance dans un exposé sur l'histoire de Poveglia, les rumeurs de fantômes qui ont créé un climat d'angoisse propre à donner des hallucinations. Serait-il devenu lui aussi un adepte de la psychologie anomalistique ?

– Est-ce que tu crois vraiment ce que tu dis, Thomas ? Après tout ce que tu as vu ?

Il ne répond pas. Répète que l'attitude étrange de Carla n'a certainement rien à voir avec Poveglia et la prétendue malédiction qui pèse sur cette île. Elle a dû subir un gros choc cérébral. Son cerveau peut avoir été secoué au point de ne plus savoir distinguer rêve et réalité. Une commotion cérébrale, ce n'est pas rien !

– Comment le sais-tu ?

– J'en ai eu une il y a quelques années.

– Ah bon ? Comment c'est arrivé ?

– Je suis tombé, mais ce n'est pas le moment d'en parler. Je peux juste te dire que les symptômes de Carla sont ceux d'une sérieuse commotion cérébrale.

– Tu t'exprimes comme un médecin, Thomas.

– Ça me fait plaisir. En fait, ça fait un moment que j'envisage de faire des études de médecine et de me spécialiser ensuite en psychiatrie.

J'éclate de rire.

– Je suis sérieux, Loulou.

– Et qu'en pense ta conseillère *paranormale*, Ruth Hansen ?

– Oh, elle trouve que ce n'est pas une bonne idée. D'un autre côté ça me permettrait de l'approvisionner en pilules amusantes de toutes sortes…

Nous rions tous les deux. Comme ça fait du bien ! Et tout à coup, avant d'avoir eu le temps de tourner ma langue dans ma bouche, je lui avoue :

– Thomas, tu me manques ; tu m'as manqué tout l'été.

Silence. Puis il dit simplement :

– Toi aussi.

Je sens une douce chaleur m'envahir.

Cette conversation va me coûter la peau des fesses, mais tant pis. Je cherche quelque chose à ajouter, mais ce « toi aussi » m'a coupé le souffle. Je veux encore entendre sa voix.

Puis je sens qu'on me tapote l'épaule. C'est Fabio qui me signale discrètement que je dois revenir au restaurant.

– Thomas, il faut que j'y aille.

– OK, mais on reste en contact, Loulou. D'accord ?

– Bien sûr !

– Et tu m'appelles s'il y a quelque chose !

– Oui, et aussi s'il n'y a rien, ajouté-je en riant.

– Oui, fais attention à toi, déclare-t-il.

– Toi aussi, je...

Je m'interromps, il ne faut pas trop se dévoiler non plus.

– À bientôt, Thomas.

Je me retourne et me retrouve nez à nez avec Fabio qui s'impatiente.

– Quoi ? dis-je, un brin agacée.

– C'est Carla, lâche-t-il avant de se mettre à courir.

Je lui emboîte le pas.

Elle est assise sur une chaise dans le restaurant. En chemise de nuit. Elle a une mine épouvantable. Sa lèvre supérieure est toujours aussi gonflée, son nez tuméfié, son visage tordu.

Elle a une expression de démente et me jette un regard haineux quand elle m'aperçoit.

– Nous avions conclu un accord ! Tu ne devais pas me laisser seule dans la chambre ! s'écrie-t-elle en pointant un doigt accusateur sur moi.

– Oui, mais tu dormais… Je ne voulais pas…

– *Tu ne voulais pas…*, m'imite-t-elle.

Puis elle se lève et titube vers moi. Elle tient à peine debout.

– Oh, j'ai de nouveau le vertige, dit-elle avant de s'évanouir.

Heureusement que Fabio et Toni sont là pour la rattraper.

Toni semble très soucieux. Il me regarde.

– Qu'est-ce qu'elle a, *piccolina* ?

– Je crois que ce serait bien de faire venir un médecin.

Il approuve.

Fabio porte avec précaution Carla dans sa chambre, Toni et moi le suivons.

– Maintenant, tu ne bouges plus d'ici, ordonne Toni. Et toi, Fabio, tu descends, j'ai besoin de toi au restaurant !

Fabio dépose doucement Carla sur le lit. Il ne dit rien, la regarde d'un air très inquiet. Il pose une main sur sa joue.

– Fabio ? chuchoté-je.

Il lève la main pour me faire taire.

– Fabio, ça va ?

Il ne répond pas. Reste immobile. Longtemps.

Puis nous entendons Toni l'appeler dans l'escalier.

– FABIO !

– Prends soin d'elle ! Ne la quitte pas des yeux ! insiste Fabio.

– Oui, promis.

Il se penche sur Carla et l'embrasse sur le front. Il lui chuchote quelque chose en italien.

– Fabio, qu'est-ce que tu sais sur cette île que j'ignore ? Est-ce que tu comprends ce qui arrive à Carla ?

Il me fixe, secoue la tête avec un geste d'impuissance et murmure :

– Je ne sais pas, je ne sais vraiment pas.

– FABIO ! répète Toni.

– Il faut que j'y aille, Loulou.

Je fais la garde-malade, en attendant la visite du médecin. Celui-ci arrive enfin avec Toni et *nonna* Rita sur ses talons. Il examine Carla, lui éclaire le fond de l'œil, écoute son cœur et ses poumons, prend sa température, tandis que nous lui racontons ce qui s'est passé. Enfin, dans la version de Torcello, pas celle de Poveglia…

Il pose finalement le diagnostic attendu : commotion cérébrale.

Carla est condamnée au repos absolu. Elle doit aussi se protéger de la lumière et du bruit, sources de stress pour le cerveau. Ma grand-mère va tout de suite à la fenêtre et ferme les volets.

Bien que ça n'arrange pas ses affaires, oncle Toni insiste pour que je fasse office d'infirmière personnelle pour ma cousine.

Toni et *nonna* Rita, eux, doivent descendre s'occuper du restaurant. Il est presque midi et, maintenant que la saison bat son plein, il y a plus de clients au déjeuner qu'au dîner. Des groupes de touristes affamés viennent admirer les maisons colorées des pêcheurs, acheter quelques affreux napperons de dentelle au passage, et bien sûr se restaurer chez Toni.

Avant que mon oncle et ma grand-mère ne partent, je leur demande s'ils ont senti un tremblement de terre cette nuit.

Toni sourit avec bienveillance.

– Non, *piccolina*.

Et il m'explique qu'il y a en ce moment des travaux dans la lagune, destinés à protéger Venise des inondations. Les ouvriers martèlent et perforent jour et nuit, ce qui provoque obligatoirement quelques secousses.

OK, ce devait être les travaux…

41

Je passe la journée dans une chambre sombre auprès de ma cousine malade qui dort la plupart du temps.

Pendant que je veille sur elle, je me remémore les événements des jours passés. Pourquoi a-t-il fallu que Carla rencontre Bob ce soir-là ? Même si j'ai fini par les apprécier, lui et son acolyte Matt, je les maudis aujourd'hui. Si on en est là, c'est à cause d'eux.

C'est à peine si j'ose aller aux toilettes de peur que Carla ne se réveille, découvre que je ne suis pas là et recommence à flipper. Quand elle émerge de son sommeil, c'est pour se plaindre de douleurs aux tempes. Alors je sors humidifier d'eau froide un chiffon que je pose sur son front. Elle vomit aussi souvent.

Parfois elle me sourit faiblement et dit :

– Tu es si gentille, Loulou.

Ça suffit à me réconforter.

Je décide de chasser mes idées noires en ne pensant qu'à Thomas, ce qu'on a vécu, ce qu'on pourrait encore vivre. Et je sens un frisson – agréable, cette fois – quand je me rappelle sa voix au téléphone.

Carla dort calmement et je commence à m'ennuyer un peu. Je n'ai pas encore lu une ligne des livres que j'avais emportés. Je m'allonge discrètement à côté de Carla pour les feuilleter. Je n'ai pas le courage de me plonger dans un roman policier. Je me suis déjà fait assez peur comme ça. Je préfère encore me coltiner le *Décaméron* de Boccace, que ma mère a mis d'office dans ma valise. Ce bouquin date de 1350 ! Je me lance un petit défi : lire l'avant-propos.

Mais, très vite, je n'arrive plus à le lâcher. L'avant-propos et la « Première Journée » me passionnent, même s'ils sont écrits dans une langue un peu vieillotte. Ce livre est en fait un recueil de nouvelles où dix jeunes gens, enfuis de Florence pour échapper à la peste, tuent le temps en se racontant entre eux des histoires.

À travers ces lignes, on peut vraiment se faire une idée de l'horreur de la peste. On peut lire par exemple :

Mais au commencement de la maladie, aux hommes comme aux femmes, naissaient à l'aine et sous les aisselles certaines enflures dont les unes devenaient grosses comme une pomme ordinaire, les autres comme un œuf, et d'autres moins, et que le vulgaire nommait bubons pestilentiels. Et des deux parties susdites, dans un court espace de temps, ce bubon mortifère gagnait indifféremment tout le reste du corps. Plus tard, la nature de la contagion vint à changer, et se manifesta par des taches noires ou livides qui apparaissaient sur les bras et sur les cuisses, ainsi que sur les autres parties du corps, chez les uns larges et rares, chez les autres petites et nombreuses. Et comme en premier lieu le bubon avait été et était encore indice certain de mort prochaine […]

Je frissonne. Je pense à toutes les victimes de la peste qui ont fini leurs jours à Poveglia.

Par suite de ce deuil public, une telle épouvante était entrée dans les cœurs, aussi bien chez les hommes que chez les femmes, que le frère abandonnait son frère, l'oncle son neveu, la sœur son frère, et souvent la femme son mari. Et, chose plus forte et presque incroyable, les pères et les mères refusaient de voir et de soigner leurs enfants, comme si ceux-ci ne leur eussent point appartenu […] C'est ainsi que les gens mouraient, non seulement sans avoir autour de leur cercueil un nombreux cortège de femmes, mais il y en avait beaucoup qui s'en allaient de cette vie sans témoins ; et bien rares étaient ceux à qui les larmes pieuses ou amères de leurs parents étaient accordées.

Carla m'agrippe soudain par le bras et, les yeux grands ouverts, crie :

– Tu m'as trahie !

Je jette le livre et rétorque :

– Carla, arrête de dire ça !

Mais elle enfonce ses ongles dans mon bras et poursuit :

– Ne me quitte pas ! Tu ne dois pas me laisser ici toute seule !

– Mais, Carla, je ne t'ai pas laissée seule ! Je suis près de toi.

– Promets-le-moi !

– Je te le jure !

Puis elle ferme les paupières.

42

Les cloches des vêpres réveillent Carla.

Elle paraît tout à fait normale.

– Bonjour, Loulou. Tu es là ?

Je souris.

– C'est plutôt l'heure de dire « bonsoir », mais oui, je suis là.

– J'ai dormi toute la journée ?

– Oui.

Elle s'étire de bien-être.

– Je me sens parfaitement reposée. Mon Dieu, et le boulot ?

Je souris.

– Ne t'inquiète pas. On est toutes les deux en congé aujourd'hui. Et demain aussi. Jusqu'à ce que… tu sois guérie.

– Guérie ? Mais je vais bien !

– Carla, tu as entendu le diagnostic du médecin : tu as eu une sérieuse commotion cérébrale.

Elle me lance un regard interrogateur.

– Le médecin ?

– Oui, tu ne te rappelles pas que le médecin est venu ?

– Non… euh, si, bredouille-t-elle, l'air troublé.

Elle se lève.

– Carla, le médecin a insisté : tu dois rester au lit.

– Tu veux que je fasse pipi dans ma culotte ? lance-t-elle.

Je la reconnais bien là. Je l'aide aussitôt à se lever en lui prenant le bras.

– Aïe, lâche-moi, Mère Teresa, proteste-t-elle en se dégageant. Je peux très bien y aller toute seule, Loulou !

C'est vrai. Elle titube à peine sur le chemin. J'attends devant la porte. Quand elle sort, elle n'en revient pas de me voir plantée là.

– Non, mais franchement, Loulou, je ne suis pas si faible que ça !

De retour dans la chambre, elle commence à s'habiller.

– Carla, le médecin a préconisé que tu restes au lit pour te reposer !

– Loulou, j'ai besoin de prendre l'air. Et un peu de nourriture. Allez, descends avec moi au restaurant !

Je cède.

À peine sommes-nous entrées dans la salle qu'oncle Toni se précipite vers nous et ordonne à Carla de remonter se coucher.

– Je vais beaucoup mieux, *zio* Toni, assure-t-elle avec un sourire trop appuyé.

Puis elle l'embrasse sur la joue.

– Bon, un peu d'air et un peu de nourriture, et hop, au lit !

– Oui, oui.

Toni nous conduit sur la terrasse, où il nous installe à une table agréable. Il n'y a pas encore trop de clients.

Fabio est déjà à sa place. Il me jette un regard interrogateur. Je hausse les épaules.

Toni nous apporte de la soupe et du poisson grillé. Carla se jette sur la nourriture. Mais, après quelques bouchées, elle repose sa fourchette et se prend la tête dans les mains.

– Tu ne te sens pas bien ? Tu veux qu'on remonte ?

– Non, non, ça va, affirme-t-elle en souriant.

Mais elle n'a vraiment pas l'air dans son assiette…

Fabio, dans l'embrasure de la porte, me fait signe de venir.

– Je vais voir Fabio un instant, je reviens tout de suite, dis-je.

Carla hoche la tête et boit une gorgée du grand Coca avec des glaçons que Toni a posé devant elle.

Fabio me demande ce que nous fabriquons ici, alors que le médecin a ordonné le repos total. Je lui explique que Carla veut se requinquer avant de regagner notre « cellule ».

Je me retourne : Carla a disparu.

Elle n'est ni dans la salle de restaurant, ni aux toilettes, ni dans la cuisine, ni dans la chambre. Personne ne l'a vue.

– Carla ! crié-je, désespérée. CARLA !

Oncle Toni et Fabio commencent aussi à paniquer, et me lancent des regards chargés de reproches. La seule chose que j'avais à faire était de la surveiller et je n'en ai même pas été capable !

Je cours dans la rue, descends au port. J'interroge les gens que je rencontre sur mon chemin, mais personne n'a vu Carla. Retour au restaurant : elle n'est pas revenue.

Je repars vers la place du marché. L'église ? Il ne lui est quand même pas venu à l'esprit de…

Je me précipite à l'intérieur.

C'est l'heure de la messe. Beaucoup de monde. Le prêtre prononce son homélie, ça crachouille dans les haut-parleurs. Il fait sombre et des dizaines de petites bougies rendent l'atmosphère mystérieuse.

Ces cheveux blonds dans les premières rangées, ne seraient-ce pas ceux de… À genoux en train de prier ?

Je me faufile jusqu'à elle. Oui, c'est bien Carla. Je lui touche doucement l'épaule. Et, même si je me trouve dans la maison de Dieu, je ne peux m'empêcher de lui murmurer :

– Qu'est-ce que tu fous là, bordel ?

Elle me regarde comme si elle ne me reconnaissait pas. Puis elle me fait signe de me taire et poursuit sa prière :

– *Ave Maria*...

Je la prends fermement par les épaules.

– Qu'est-ce que tu fabriques ici ?

Elle tente de me repousser.

– *Vai via*, dit-elle seulement.

Comme je la déteste à ce moment-là !

– Arrête avec ça, Carla !

Elle m'ignore.

– Mais qu'est-ce que tu fous ici, toi qui ne crois qu'à la science ? Toi qui ne cesses de répéter que tout peut être pesé, mesuré, prouvé de manière rationnelle ?

Elle ne me répond pas.

Devant nous, un moine franciscain est plongé dans la prière. Ils me font toujours une drôle d'impression, ces moines dans leur bure marron avec une corde à trois nœuds autour de la taille. J'ai lu quelque part que ces nœuds symbolisent la pauvreté, l'obéissance et la chasteté... Celui-ci a rejeté sa capuche en arrière et n'a pas vraiment l'air engageant. On le dirait tout droit sorti d'une scène du *Da Vinci Code.*

Le voilà qui se relève et, au moment où il se retourne, j'ai un choc. Je m'étais représenté un vieil homme à la mine lugubre sous cette bure, mais au contraire il est « divinement » mignon, si vous me permettez l'expression. Eh ! Serait-ce lui que j'ai vu à l'aéroport ?

Il s'arrête net, regarde fixement Carla. Elle lève les yeux vers lui et je ne saurais décrire ces longues secondes où ils se dévisagent intensément. Comme s'ils pénétraient jusqu'à l'âme de l'autre.

Le moine se ressaisit. Se signe, murmure quelque chose, se détourne et sort précipitamment de l'église.

Carla reste assise, comme paralysée.

Elle regarde dans le vide.

– Lorenzo ! s'écrie-t-elle.

– Que se passe-t-il, Carla ?

Elle ne répond pas. Ne bouge pas, le regard fixe.

Puis elle porte les mains à ses tempes et s'effondre.

– Aïe ! Loulou, aide-moi !

43

Je suis de retour dans la chambre avec Carla. Elle dort de nouveau. Elle s'est écroulée dès que nous sommes revenues de l'église. Toni, Fabio et *nonna* Rita étaient à la fois rassurés que j'aie retrouvé Carla et paniqués de la voir dans un tel état.

Je n'ai parlé du moine qu'à Fabio. J'estimais que cela ne regardait pas les autres.

J'ai promis à Toni que nous resterions dans la chambre. Si Carla veut de l'air frais, j'ouvrirai la fenêtre. Et on nous apportera la nourriture.

Je suis triste, troublée et inquiète.

Le temps passe lentement, je ne peux pas rester en permanence sur une chaise à la regarder dormir.

J'essaie plusieurs fois de téléphoner à Thomas, mais la communication ne passe pas. Les SMS ne partent pas non plus. Et je n'arrive pas à me concentrer assez pour lire le *Décaméron*.

Alors je commence à mettre un peu d'ordre dans la chambre. J'entrouvre la fenêtre, je plie nos vêtements dans le placard. Ça fait du bien de s'activer : ça permet de penser à autre chose.

Jamais la chambre n'a été aussi bien rangée. Tant que j'y suis, je décide de laver par terre.

Je vais vite chercher un seau et un balai-brosse. J'ai l'impression d'être une *casalinga* italienne, une femme au foyer. Sous le lit de Carla, le balai heurte quelque chose de dur.

Je me penche. C'est son ordinateur. Il est en veille. Je l'attrape pour l'éteindre. Je ne suis pas du genre à espionner les autres... mais, quand j'appuie sur le bouton, un document s'ouvre aussitôt. Le titre apparaît en caractères gras : *LA PESTA NERA*... la peste noire. Quand a-t-elle trouvé le temps de travailler sur son dossier ?

Je parcours rapidement le texte. Il est constitué d'une seule phrase répétée des dizaines de fois : *Poveglia l'isola maledetta, Poveglia l'isola maledetta, Poveglia l'isola maledetta, Poveglia l'isola maledetta*...

Poveglia l'île maudite ? J'ai un frisson dans le dos...

Pourquoi a-t-elle écrit cela – et uniquement cela ?

Je sursaute quand on frappe à la porte. C'est Fabio, les derniers clients ont dû quitter le restaurant.

– Comment va-t-elle ? chuchote-t-il en entrant.

Je secoue simplement la tête et lui tends l'ordinateur. Il lit en silence.

– Fabio, pourquoi a-t-elle répété cette phrase tant de fois ?

Il hausse les épaules.

– Fabio, ça va ?

Il ne répond pas.

– Fabio ?

– Non, ça ne va pas. Toi non plus, d'ailleurs. Et Carla, c'est encore pire. Matt et Bob ont fichu le camp parce qu'ils ont dû admettre qu'une malédiction pesait sur Poveglia.

– Tu veux bien m'en dire plus, Fabio ?

– Tout ça, c'est à cause de Poveglia. Cette île est maudite.

– Ça, j'ai compris ! Ce que je veux savoir, c'est ce qu'il y a entre *toi* et cette île.

Il hésite un instant, puis chuchote :

– Poveglia a pris l'âme de ma grand-mère !

– Comment ça ?

Il soupire et s'assoit sur mon lit.

– Quand elle était enfant, ma mère a vécu un drame terrible. Son père et son grand frère ont fait naufrage en mer Adriatique un jour de tempête. On n'a jamais retrouvé leurs corps. Le choc, l'incompréhension et le chagrin ont conduit ma grand-mère à la folie. Elle a commencé à errer sur l'île. La nuit elle criait leurs noms dans la lagune et le jour elle restait allongée sur son lit, le regard perdu dans le vide. D'autres fois, le diable s'emparait d'elle et elle courait dans les rues de Burano en criant. Il était impossible de lui faire entendre raison. Elle n'était plus en mesure de se prendre en charge ni de s'occuper de ma mère. Elle avait besoin d'aide. Mais, au lieu de la soutenir, on l'a précipitée vers sa perte.

– Que s'est-il passé ?

– On l'a envoyée à Poveglia, à l'hôpital. Quand elle est revenue, ce n'était plus la même personne. Elle était devenue incapable de ressentir la joie, la douleur ou le bonheur. Rien. Un être privé de sentiments. Un zombie.

– Un zombie ? Qu'est-ce que tu veux dire ?

– Il lui avait volé son âme !

– Qui ?

– *Il Dottore* !

– Comment ça, Fabio ?

– La lobotomie, chuchote-t-il.

J'en ai froid dans le dos.

J'en connais un rayon sur ce sujet, Thomas m'en a parlé. Autrefois on croyait soigner les malades mentaux en détruisant l'ensemble des fibres nerveuses reliant le lobe frontal au reste du cerveau, centre de la vie affective. On pensait ainsi diminuer leur agressivité et leur angoisse. On pratiquait la lobotomie de différentes manières : soit on perçait deux trous dans le crâne, soit on glissait un pic par le lobe orbitaire. Mais le but recherché était identique : détruire une partie de la substance blanche du cerveau. Cela se passait rarement bien. Certains mouraient, d'autres devenaient des épaves humaines, dépourvues de tout sentiment.

Le Danemark est le pays où l'on a le plus recouru à cette pratique. On n'y a mis fin que dans les années 1980. On lobotomisait aussi des enfants et des adolescents. Si Thomas était né quelques années plus tôt…

– Fabio, tu es sûr que ta grand-mère a été lobotomisée ?

– Oui, reprend-il. Il utilisait ses patients comme cobayes. Ma grand-mère n'a plus jamais été la même, elle n'avait plus rien d'humain. À son retour de Poveglia, ses parents se sont occupés d'elle, puis, à leur mort, ma mère l'a prise en charge.

– Et ton père ?

– Oh, lui, dit-il avec un geste de lassitude. Je ne sais même pas qui c'est. Dans mon souvenir, on a toujours été tous les trois : ma mère, ma grand-mère bizarre et moi. Tu imagines l'enfance que j'ai eue ?

Je secoue la tête.

– Je me rappelle ma grand-mère comme une dame étrange, silencieuse et inquiétante qui passait ses journées à faire les cent pas. C'était une morte vivante. Elle faisait des choses insensées avec un rire grinçant qui me fichait la trouille. La plupart du temps, elle était amorphe, apathique. Tout le monde avait peur d'elle, alors qu'elle n'aurait pas fait de mal à une mouche. Et, pour tout avouer, j'avais honte d'elle… À de rares occasions cependant, j'avais l'impression d'entrer en contact avec elle. Elle me serrait soudain contre elle, plongeait son regard dans le mien et affirmait : « L'amour est plus fort que tout. » Je n'ai jamais vraiment compris ce qu'elle voulait dire par là… mais son regard me transperçait, touchait jusqu'à mon âme !

Il marque une pause et lève les yeux au plafond.

– Et puis, un jour, elle a disparu. Nous l'avons cherchée partout, en vain… jusqu'à ce qu'un pêcheur, plusieurs jours plus tard, la retrouve. Morte. Sur le rivage de Poveglia. Noyée.

– Comment c'était arrivé ?

Il secoue la tête.

– Je ne sais pas. Ma mère pense qu'elle est partie là-bas à la recherche de son âme perdue.

– Tu y crois, Fabio ?

– Oui, j'y crois. Vois-tu, ce qui me tourmente le plus, c'est de ne pas savoir si elle l'a retrouvée…

Je passe un bras autour de son épaule.

– Je suis désolée, Fabio.

Il secoue la tête et marmonne :

– Le suicide est un péché impardonnable.

– Ne dis pas de choses pareilles. La religion peut s'avérer d'un grand secours, ça ne doit pas être un fardeau.

– Peut-être…

– Et ta mère ?

– Après la mort de ma grand-mère, elle ne supportait plus de vivre ici. La mer lui avait pris son frère, son père, et finalement sa mère. Nous avons déménagé à Mestre, la ville la plus laide du monde, je crois. Je ne me plaisais pas là-bas, je me sentais comme un lion en cage. Burano et la lagune ne manquaient trop. Je ne peux rien y faire, c'est ici chez moi. J'ai trouvé du travail chez Toni, il m'a toujours soutenu. C'est un homme bon.

Je hoche la tête.

La porte s'ouvre et Toni entre, suivi de *nonna* Rita. En voyant mon bras autour de l'épaule de Fabio, elle nous lance un regard plein de reproches.

Toni, lui, sourit et explique qu'il vient voir comment va Carla avant d'aller se coucher. Fabio se lève.

– Bon, je ferais mieux d'y aller, dit-il, l'air embarrassé.

– Je te raccompagne.

Une fois dans le couloir, je prends sa main.

– Fabio, je suis contente que tu aies partagé ton histoire avec moi.

– Ça sert à ça les amis, non ?

– Oui, tout à fait !

En serrant sa main, je remarque son alliance.

– Elle vient d'où, cette bague ?

– C'est celle de ma grand-mère.

– Je m'en doutais. Comme ça, elle est toujours avec toi.

– En quelque sorte…

Il retire sa main.

– On se voit demain, Loulou. Prends soin de Carla. Et de toi-même.

Puis il tourne les talons et descend l'escalier quatre à quatre.

Quand je reviens dans la chambre, *nonna* Rita marmonne une prière, la main de Carla dans la sienne. Elle tient son chapelet de l'autre main. Oncle Toni est en train de redresser le tableau de la Vierge Marie. Il se retourne et m'adresse un sourire gêné.

– Nous voulions seulement…

Je hoche la tête, ne sachant que dire. L'atmosphère est embarrassante.

– Tu vas y arriver, *piccolina* ? chuchote Toni.

J'ai envie de crier « NON ! », mais réponds :

– Ça va aller.

– Tu sais où nous trouver, sinon.

– Oui, bien sûr.

Avant de partir, *nonna* Rita pose une petite croix en bois sur la table de chevet de Carla.

Puis elle se lève, s'approche de moi et me dit dans son mauvais danois :

– Veille bien sur elle !

– Tu peux compter sur moi.

Au moment où ils referment la porte, Carla ouvre les yeux et lance :

– Ah, ils font la paire, ces deux idiots !

Je vais vers elle.

– Tu es réveillée ?

– Je me sens fraîche comme un gardon, assure-t-elle en souriant. Si tu savais comme ces prières m'insupportent !

– Ils veulent seulement ton bien.

– Oui, je sais.

– Carla, il faut que je te demande quelque chose. J'ai trouvé ton ordinateur sous le lit et je n'ai pas pu m'empêcher de lire ce que tu as écrit des dizaines de fois : *Poveglia l'isola maledetta*...

En me regardant droit dans les yeux, elle déclare :

– Ce n'est pas moi qui ai écrit ça.

– Qui donc alors ?

Elle détourne le visage.

– Mais réponds-moi, Carla !

J'insiste en vain.

Je n'ai pas envie de dormir seule dans mon lit. Alors je la pousse doucement et m'allonge à côté d'elle.

Des images valsent dans ma tête : le moine, le médecin psychopathe armé d'un pic à glace, la grand-mère zombie de Fabio, Thomas, Amanda, ma grand-mère avec sa croix, des bubons de peste, des rats, un lustre qui clignote…

44

Je me réveille en sursaut. Il fait nuit noire et le silence est total. Je sens la présence de quelqu'un qui m'observe.

Je plisse les yeux pour les habituer à l'obscurité. J'aperçois alors Carla : elle se tient près de son lit et me fixe intensément.

– Carla, qu'est-ce que tu fabriques ?

Elle ne répond pas et reste immobile.

– Carla ?

Pas de réponse.

J'allume la lampe de chevet et vois que Carla tient la croix de *nonna* Rita dans une main. Elle la dirige lentement vers moi en disant :

– *Vai via, diavolo !* Va-t'en, le diable !

– Carla, arrête !

Silencieuse, elle continue à brandir la croix.

La colère m'envahit et je me lève :

– Je ne suis pas le diable, je suis ta cousine et j'en ai ras le bol de tout ça !

J'attrape la croix et essaie de la lui arracher de la main, mais elle s'y cramponne avec une force inouïe.

– Lorenzo doit venir avec moi !

Je ne sais pas ce qui me prend, mais je lui flanque une gifle en criant :

– Maintenant ça suffit, Carla. Ça commence à bien faire !

Je regrette aussitôt mon geste. C'est la deuxième fois que je la frappe ! Moi qui déteste la violence !

Sous le choc, elle se touche la joue et semble revenir à elle.

– Pourquoi tu as fait ça, Loulou ?

Je soupire.

– Excuse-moi. Je me suis emportée, Carla. Mais tu es vraiment trop bizarre en ce moment.

Elle hoche la tête et chuchote :

– Je sais.

Elle s'approche de la fenêtre, l'ouvre et pousse les volets. Elle s'assoit sur le rebord, joue un peu avec la croix et demande à brûle-pourpoint :

– Est-ce que tu crois en Dieu, Loulou ?

Je réfléchis. Est-ce que je crois en Dieu ? Parfois oui, d'autres fois non.

– Je ne sais pas très bien, dis-je.

Je m'en sors, comme souvent, avec une citation :

– « Je ne crois pas en Dieu mais je le crains. »

Elle rit doucement et déclare tout bas :

– Je crois qu'on est beaucoup à penser ça. Au fond, la religion ne parle-t-elle pas de la peur des hommes ?

Je hausse les épaules.

– Oui, mais pas seulement.

Je m'assois en face d'elle sur le rebord de la fenêtre.

C'est magnifique, la nuit, à Burano. Ce calme. Cette beauté. Nous restons là, sans rien dire, un long moment. Puis Carla rompt le silence :

– Je suis vraiment désolée d'avoir un comportement aussi bizarre, Loulou. Ce doit être cette commotion cérébrale qui embrouille toutes mes pensées.

– Que veux-tu dire ?

– C'est comme si mon cerveau était un grand puzzle dont il manquerait constamment des pièces. Parfois quelques-unes, parfois beaucoup.

– C'est tout à fait normal, tu t'es violemment cogné la tête. Le médecin a dit que tu avais besoin de calme et de repos. Il ne faut pas prendre ça à la légère.

Elle acquiesce.

Nous continuons à regarder la nuit. Tout est si paisible. Pas le moindre bruit de circulation, pas même le moteur d'un taxi qui tourne à l'arrêt…

Soudain, Carla s'écrie :

– Il est là-bas !

– Qui ça ?

– Lorenzo !

– Carla, je crois que nous ferions mieux de nous recoucher. Il faut que tu te reposes maintenant.

– Oui, mais il est là-bas, répète-t-elle en indiquant la place devant l'église.

Je scrute la place déserte.

– Carla, il n'y a personne.

– Mais sers-toi de tes yeux ! Là ! chuchote-t-elle en montrant un réverbère.

Devant son insistance, je me penche une nouvelle fois pour examiner la place. Je crois voir une silhouette sombre qui regarde dans notre direction...

– Lorenzo ! crie Carla, radieuse. Viens !

Son regard se fait lointain.

J'observe de nouveau la place. Vide.

– Il n'y a personne, dis-je tout haut pour elle autant que pour moi.

La prenant par le bras, je la force à regagner son lit.

– Allez, au lit ! ordonné-je.

Elle éclate d'un rire qui a quelque chose de dément.

À grand-peine, je parviens à la coucher. Je la borde. Elle n'oppose aucune résistance, un sourire bienheureux sur les lèvres et la croix de *nonna* Rita dans la main. Elle me fiche vraiment les jetons.

– Lorenzo ! lance-t-elle encore.

– Il y a quelqu'un ? chuchoté-je dans le vide.

Rien.

– Lorenzo ? ajouté-je. Si tu es là, fais-moi signe.

Toujours rien.

Soudain j'entends un bruit sourd. Carla a laissé tomber la croix.

45

Je ramasse la croix et la pose sur la table de chevet de Carla. Puis je m'approche de la fenêtre, m'assois sur le rebord et scrute l'obscurité de la nuit. À part quelques miaulements de chats sauvages, tout est silencieux.

Je suis envahie par l'angoisse et le doute. Je ne sais que faire pour aider Carla à redevenir elle-même. Ne suis-je pas moi aussi en train de perdre la raison ? J'ai peur.

Dois-je aller chercher oncle Toni ? Ou ma grand-mère ? Non, une seule personne peut m'aider. J'attrape mon portable sur ma table de chevet et l'appelle. Ça ne capte pas.

Je m'approche de la fenêtre, et brandis le téléphone dehors. Allez, allez... !

– Allô ?

Sa voix ensommeillée me rassure.

– Thomas, c'est moi, Loulou.

– Loulou, tu sais quelle heure il est ?

– Euh, non…

– Deux heures et demie. Quelque chose ne va pas ?

– Oui, c'est de pire en pire ici.

Et je lui raconte tous les événements de la soirée et de la nuit. Il m'écoute, m'interrompant seulement pour me réconforter :

– Loulou, ce n'est pas la peine de paniquer.

– C'est facile à dire ! On voit bien que tu n'es pas ici, Thomas !

– Peut-être que tout cela n'a lieu que dans ta tête, Loulou.

– Tu ne vas pas t'y mettre toi aussi ! S'il y a bien quelqu'un qui puisse me comprendre…

Il inspire profondément.

– Loulou…

– Oui, quoi ?

– Je ne veux plus m'occuper de tout ça, tu sais bien que j'ai fermé la porte…

– Je sais, mais ça n'empêche qu'il y a vraiment *quelque chose* ici…

– Il peut s'agir de ta propre angoisse. Avec cette drôle d'expédition à Poveglia et la commotion cérébrale de Carla, il n'y aurait rien d'étonnant à ce que tu sois bouleversée.

– Comment peux-tu tenir un discours pareil, toi qui as vu des morts, qui leur as parlé, qui as conduit des esprits vers la lumière et les as aidés à passer de l'autre côté ?

– Loulou, on s'était mis d'accord pour oublier tout ça !

– Je sais, mais la situation a changé, non ?

– Loulou, je vais te donner un bon conseil : essaie toujours de trouver des explications logiques. N'agis jamais sous le coup de la panique.

Je soupire, découragée.

– Tu ne vas quand même pas me servir cette psychologie à deux balles ? Pas toi, Thomas !

– Tu es vraiment sûre qu'il y a *quelque chose* sur la place ?

– Oui ! Enfin, je ne sais pas… Non, peut-être pas… Tu me manques, Thomas.

– Toi aussi, mon idiote préférée.

Mon idiote préférée.

Silence.

– Thomas, tu peux venir ?

– Quoi ?

– Je t'offre ton billet d'avion, j'ai gagné plein d'argent, tu sais.

– Non, Loulou, ce n'est pas possible. Quand rentres-tu ?

– Dans dix-neuf jours.

– Tu ne crois pas qu'on peut attendre ce moment-là pour se voir ?

– Si…

Nouveau silence.

– Loulou, tu vas pouvoir dormir maintenant ?

– Euh, oui. Vous m'avez été d'une grande aide, docteur Klimko !

– Laisse la lumière allumée !

– Ça fait plaisir de donner des conseils, hein, docteur ?

Il rit.

– En voilà un autre : prends soin de toi.

– Ah, merci. Toi aussi.

– Je… euh…

– Oui, Thomas ?

– Rien. Dors bien.

46

Mais je ne dors pas bien. Je ne dors même pas du tout. Mes pensées tourbillonnent dans ma tête.

Je flotte dans un état de somnolence, de fatigue extrême. Tout se mélange dans mon esprit. Mais une chose revient sans arrêt : Thomas me manque à la folie !

Le jour finit par se lever. J'en ai assez de rester cloîtrée dans cette chambre aux fenêtres closes et aux volets fermés. La nuit, c'est effrayant ; le jour, c'est ennuyeux…

Je feuillette un peu le *Décaméron*, mais n'arrive pas à me concentrer. Les lignes dansent devant mes yeux.

J'attends avec impatience l'heure du déjeuner. Je regarde mon portable. Zut, il est à peine onze heures, la matinée n'est pas encore terminée. Le temps se traîne.

Je sursaute quand mon téléphone sonne.

C'est Thomas ! Je me dépêche de répondre, mais à peine ai-je dit « Salut, Thomas » qu'un bruissement surgit sur la ligne avant que la communication soit coupée.

Je me faufile vers la fenêtre, l'ouvre et écarte doucement les volets.

Puis je me penche à l'extérieur et la ligne est rétablie. C'est vraiment bizarre.

J'entends enfin la voix de Thomas :

– Bonjour, est-ce que tu peux venir me chercher à l'aéroport dans quelques heures ?

– C'est une blague ?

– Est-ce que tu peux venir me chercher à l'aéroport Marco Polo ? Je n'ai pas le temps de discuter maintenant, je vais embarquer d'une minute à l'autre.

– Tu es sûr que tu ne me fais pas marcher, Thomas ?

– Non ! Je t'appelle de l'aéroport de Copenhague.

– Vraiment ?

– Loulou, j'ai un mauvais pressentiment et je suis inquiet de te savoir seule. Tu peux venir me chercher, oui ou non ?

– Oui, bien sûr. Tu arrives à quelle heure ?

– Je ne sais plus combien de temps dure le voyage. Disons dans deux heures et demie, quelque chose comme ça…

– Parfait, j'y serai.

Aïe, mon ventre ! Ça fait un mal de chien !

47

Je raconte à Toni qu'un *très bon ami* est en route pour Venise, et je lui demande s'il peut dormir quelques jours dans notre chambre. J'insiste (peut-être même un peu trop) sur le fait qu'il n'est qu'un ami et qu'il dormira par terre.

Tony répond en souriant :

– Tu ne veux pas me croire, mais j'ai moi-même été jeune un jour, *piccolina.*

Sa seule exigence est que Carla ne souffre pas de la présence de Thomas. Il lui faut du calme et des soins.

Je m'en porte garante. *Nonna* Rita, qui assiste à notre conversation, est plus sceptique mais ne dit rien. Fabio aussi a tout écouté. Il sourit mais ne fait aucun commentaire non plus.

Thomas atterrit au moment de la sieste. Ainsi Fabio jouera-t-il les garde-malades auprès de Carla tandis que j'irai chercher Thomas... THOMAS !

Toni m'explique que je dois prendre un vaporetto jusqu'à Murano puis un autre pour l'aéroport. C'est tout simple.

Je passe vite dans la salle de bains me mettre un peu de mascara. Je pique à Carla son parfum italien et arrange mes cheveux. Je me fais une queue-de-cheval, je sais qu'il m'aime bien comme ça.

Je retourne dans la chambre pour m'habiller. Je choisis une tenue simple : short en jean, tongs aux pieds. Et en haut ? J'hésite entre deux tee-shirts.

– Prends le blanc ! me conseille Carla.

– Je croyais que tu dormais, chuchoté-je.

Elle s'étire.

– Non...

– Thomas arrive, je pars le chercher à l'aéroport.

– Je sais, je ne suis pas sourde.

– Tu veux bien qu'il dorme dans notre chambre ? Par terre. Juste quelques jours...

– Bien sûr. Je serai contente de le rencontrer.

– Fabio restera avec toi pendant que je serai à l'aéroport.

– D'accord, dit-elle en me tournant le dos.

– À tout à l'heure, Carla.

Elle ne répond pas. Elle s'est déjà rendormie.

Je fais les cent pas à l'aéroport. Que vais-je lui dire ? Vais-je le serrer dans mes bras ? L'embrasser ? Non, nous ne sommes plus ensemble. J'enlève puis remets pour la dixième fois l'élastique dans mes cheveux.

Quand Thomas apparaît dans le hall d'arrivée, je sens mon ventre se nouer.

C'est comme s'il avait vieilli. Ses cheveux me paraissent plus sombres. Ils sont en tout cas plus longs. Il porte un short baggy kaki, des Converse noires et un vieux tee-shirt délavé. Il est encore plus beau que dans mon souvenir. Plus adulte. Il n'a qu'un sac à dos pour tout bagage.

Quand il m'aperçoit, il lève la main pour me saluer et m'adresse le sourire le plus craquant qui soit.

J'ai envie de me jeter dans ses bras, mais je me retiens et j'avance calmement vers lui. J'affiche un joli sourire, l'air sûre de moi, j'incline la tête sur le côté et déclare :

– *Benvenuto in Italia.*

Il sourit.

Puis il m'attire vers lui et me serre très fort sans rien dire. Nous restons ainsi un moment. Un moment parfait.

Ses lèvres effleurent mon oreille quand il murmure :

– Ça fait plaisir de te revoir, Loulou.

Je ne réponds pas, j'en suis incapable. Je voudrais que ce moment dure toujours.

Je n'arrive pas à aligner deux mots.

Je me rattrape dans le vaporetto. Un vrai moulin à paroles, comme c'est toujours le cas quand je suis nerveuse. Je parle et il écoute. Mais tout en jacassant j'observe les moindres détails de son visage : ses yeux, son nez, sa bouche.

Nous ne nous touchons pas. Depuis notre étreinte à l'aéroport, nous évitons tout contact physique.

Je ne sais pas où il en est. Est-il venu en tant qu'ami ? Ou bien sa présence ici signifie-t-elle que... Comme j'ai peur de la réponse, je parle pour ne pas y penser. Une vraie pipelette.

Jusqu'à ce qu'il se penche vers moi et dise :

– Loulou...

Il prend ma main droite, la presse avant de la relâcher et de laisser le bout de ses doigts courir sur les miens. Ça chatouille. Je lève les yeux vers lui et croise son regard intense qui me transperce.

Enfin il sourit et dit :

– Salut, Loulou !

Je souris à mon tour :

– Salut, Thomas.

– C'est bon de te voir, déclare-t-il en serrant très fort ma main.

– Pour moi aussi.

Nous ne disons rien d'autre jusqu'à Murano, où nous changeons de bateau. Mais il garde ma main dans la sienne.

Nous prenons place à l'avant du vaporetto qui va à Burano. C'est extraordinaire de se tenir face à la mer ainsi, comme si on allait à sa rencontre. Thomas se lève pour mieux apprécier le paysage, qui semble le fasciner. Je viens me poster à côté de lui, je reçois le soleil en plein visage et des éclaboussures d'eau salée dans les yeux.

– C'est complètement dingue ! s'écrie-t-il en posant un bras sur mon épaule.

48

Il se passe un truc avec Thomas. Tout le monde tombe sous son charme. Il rayonne. Il est sûr de lui sans en rajouter, sympathique, réfléchi et mûr.

Cela peut paraître ridicule, mais je suis fière de lui. Je suis fière de le présenter à ma famille et à mes collègues, parce que d'une certaine façon il est « à moi ».

Thomas tend la main à oncle Toni et le remercie dans un anglais parfait de l'accueillir comme ça presque à l'improviste. Mon oncle sourit et répond que sa maison est toujours ouverte pour les amis de la famille. Il paraît fasciné par les yeux de Thomas. Comme tout le monde.

Thomas se met *nonna* Rita dans la poche en dix secondes. Il la salue respectueusement d'un signe de tête, prend sa main tendue, et lui dit en danois en la regardant droit dans les yeux :

– C'est un grand honneur de vous rencontrer, madame.

Et le voilà comme chez lui ! *Nonna* Rita lui adresse un large sourire, révélant son dentier beaucoup trop grand pour elle, tout en hochant la tête, satisfaite. D'où tient-il ce savoir-vivre ?

Nous nous dirigeons vers la cuisine, où je lui présente le reste du personnel. Roberto lui prépare un énorme sandwich et oncle Toni lui propose un verre du prosecco de la maison. Thomas décline poliment. Je savais qu'il refuserait. L'alcool, ce n'est pas trop son truc. Il n'aime pas, m'a-t-il dit un jour, la *perte de contrôle* que ça provoque.

Il est heureux, ça se voit. Et fasciné par mon petit paradis de Burano. Mais qui ne le serait pas ? Il est peut-être simplement content de me revoir… J'espère ! En tout cas, il me sourit comme j'aime, en me regardant droit dans les yeux. Il paraît vraiment équilibré.

Il me précède dans l'escalier qui mène à notre chambre, à Carla et moi. Soudain, c'est comme s'il ne pouvait plus respirer. Ses pas deviennent hésitants. Il me fait l'effet d'un ballon qui perd tout son air…

Il s'arrête devant la porte close, se retourne et me demande :

– C'est ici ?

Je fais signe que oui.

Il marque un temps d'arrêt. Prend une profonde inspiration. Peut-être qu'il est essoufflé d'avoir porté son gros sac à dos ?

– Je croyais que tu étais en superforme, champion ! le taquiné-je.

– Oui, mais j'ai eu un malaise. C'est sans doute à cause de la chaleur et de l'énorme sandwich que ton oncle m'a obligé à manger.

– « Obligé », tu exagères…

Il sourit.

Une odeur de renfermé m'assaille dès que j'ouvre la porte. Il fait sombre dans la chambre, les volets sont fermés.

Fabio quitte sa place à côté de Carla qui dort.

– Bienvenue, chuchote-t-il en anglais.

Thomas et lui se serrent la main avec un sourire amical.

Thomas pose son sac près de mon lit, puis il se prend la tête entre les mains et s'assoit.

– J'ai le vertige. Il faut juste que je me repose un moment.

Fabio m'interroge du regard et je fais un geste d'impuissance.

– Tu veux boire quelque chose ?

Thomas ne répond pas.

Fabio court chercher de l'eau au restaurant.

Thomas reste assis sur le lit, sans rien dire.

– Tu as mal ?

– Oui, un peu. Je n'ai pas fermé l'œil de la nuit.

Soudain, Carla se redresse dans son lit, fixe Thomas et le supplie :

– *Aiutami !*

– Qu'a-t-elle dit ?

– « Aide-moi ! »

– Hein ?

– Oui, elle te demande de l'aider !

– Ça lui arrive souvent de tenir des propos incohérents ?

– Je t'ai dit qu'elle était bizarre ces derniers temps.

Il va vers l'autre lit et s'assoit sur la chaise que Fabio vient de quitter. Puis il chuchote :

– Salut, Carla.

– *Non mi chiamo Carla !*

Thomas me demande de traduire.

– Elle prétend qu'elle ne s'appelle pas Carla ! m'écrié-je.

En regardant Thomas, elle répète :

– *Aiutami !*

À cet instant, Fabio revient avec de l'eau.

Il soupire profondément.

– Elle a dit des choses étranges pendant ton absence, Loulou !

– Ah bon ? Quoi par exemple ?

Il secoue la tête.

– Oh, rien qui ait du sens.

Carla se calme, repose la tête sur l'oreiller et se rendort.

Fabio tend un grand verre d'eau avec une rondelle de citron et des glaçons à Thomas. Ce dernier vide son verre d'un trait, se recroqueville sur la chaise et se prend de nouveau la tête.

– Thomas, qu'est-ce que tu as ?

– J'ai dû boire l'eau glacée trop vite.

Au même moment retentit un coup sourd. Nous nous retournons tous en même temps. Le tableau de la Vierge Marie s'est décroché du mur et est tombé.

Fabio fait le signe de croix, puis déclare :

– *È un segno !*

Je traduis pour Thomas :

– Il dit que c'est un signe.

– Vous croyez vraiment ? réplique-t-il avec un sourire, mais je vois qu'il n'en mène pas si large.

Fabio ramasse le tableau et le raccroche à sa place, puis il marmonne un *Ave Maria*.

Thomas me regarde en haussant les sourcils.

Tout à coup, Carla s'écrie en danois :

– Il n'y a personne pour l'empêcher de faire ses prières débiles ? Ça me rend dingue !

Tiens, revoilà la bonne vieille Carla d'avant.

Elle jette un regard étonné sur Thomas et moi. Sourit. Se redresse complètement, cale quelques oreillers derrière son dos et demande :

– Loulou, c'est lui, Thomas ?

– Oui, c'est lui.

Elle hoche la tête.

– Sois le bienvenu ! dit-elle en lui tendant la main.

Thomas esquisse un sourire gêné et saisit sa main.

– Voici donc le fameux Thomas. Loulou m'a tellement parlé de toi... enfin, surtout dans son sommeil ! précise-t-elle en riant de son rire rauque.

Je ne sais pas où me mettre.

Elle observe Thomas des pieds à la tête.

– Tu ressembles à David Bowie. Tu as les mêmes yeux que lui !

J'ai envie d'ajouter qu'elle ressemble, pour sa part, à Linda Blair dans *L'exorciste* et qu'elle se comporte comme elle. Mais je me retiens. Ses cheveux en bataille encadrent son visage au nez et à la lèvre supérieure toujours tuméfiés.

Elle ferme fort les yeux.

– Excuse-moi, mais j'ai un peu mal à la tête, explique-t-elle.

Thomas sourit.

– Moi aussi.
– C'est peut-être contagieux ? hasarde-t-elle.

Oncle Toni vient chercher Fabio pour qu'il descende donner un coup de main au restaurant.

Carla s'endort de nouveau.

– Thomas, tu viens de voir comment se comporte Carla depuis que nous sommes allés à Poveglia. Elle est normale et, la seconde d'après, elle paraît folle à lier.

Il prend une grande inspiration et expire doucement, regarde droit devant lui, mais ne fait aucun commentaire.

– Avoue que c'est étrange !

Il hoche la tête en gardant le silence.

Il a l'air d'aller bien, très bien même. Je n'en dirai pas autant de moi. Je dois aller aux toilettes.

– Je peux vous laisser tous les deux ?

– Depuis quand tu demandes la permission ?

– Ça ne t'embête pas de rester seul avec elle ?

Il m'adresse un sourire amusé.

– J'ai connu pire situation.

Je prends tout mon temps. Je remets un peu du parfum de Carla, me brosse les dents, me regarde dans la glace, me peigne, attache mes cheveux et les détache.

Je décide de simplement profiter de la présence de Thomas. Je dois accepter la commotion cérébrale de Carla, accepter le traumatisme de Fabio suite à la tragédie vécue par sa grand-mère maternelle, accepter que Poveglia soit un endroit lugubre avec une histoire à faire froid dans le dos, accepter que l'angoisse provoque des hallucinations, accepter que j'aie une imagination débridée et une tendance à tout voir en noir…

Finalement, je garde ma queue-de-cheval.

Quand je reviens dans la chambre, Thomas est toujours sur la chaise à côté de Carla. Il tient la croix en bois dans une main.

– Qu'est-ce que tu fabriques, Thomas ?

– Rien. Ou bien si. J'étais en train d'étudier cette croix, c'est de la belle ouvrage. Admire le bois, comme il est doux au toucher. Et ces jolis motifs gravés.

– Motifs ? De quels motifs tu parles ?

– Viens voir ! Si on observe attentivement, on devine, gravés avec délicatesse dans le bois, les symboles de la foi, de l'espoir et de l'amour.

Il place la croix sous la lampe de chevet de Carla, et effectivement, en regardant bien, on discerne une croix, une ancre et un cœur.

– D'où vient cette croix ? demande Thomas.

– Aucune idée. C'est celle de ma grand-mère paternelle.

Il la repose sur la table.

– Viens, dit-il en m'attirant sur ses genoux.

Il me regarde droit dans les yeux.

– Thomas, pourquoi es-tu venu jusqu'ici ? chuchoté-je.

Il se tait.

– Ohé ! Pourquoi tu es venu ?

– Je suis venu parce que j'étais inquiet pour toi.

– Uniquement pour ça ?

Il ne répond pas tout de suite.

– Je suis aussi venu parce que tu me manquais…

– Comme un ami ou bien…

– Tu as vraiment besoin d'une réponse ? dit-il en m'embrassant la main.

– Et Amanda ?

Il soupire.

– Je n'ai pas envie de parler d'elle maintenant.

– Au fond, moi non plus. Vous n'êtes plus ensemble ?

– Mais on ne l'a jamais été ! En tout cas, pas comme nous deux.

– Comment ça ?

– Nous deux, c'était autre chose, non ?

Je ne réponds pas. Je ne sais plus trop où j'en suis. Je change de sujet.

– Alors, qu'est-ce que tu penses de ce qui se passe ici ?

– Je ne sais pas, mais j'avoue qu'il y a une énergie étrange autour de Carla.

– Toi aussi, tu la sens ?

– Je suis peut-être contaminé par ta paranoïa et par celle de Fabio. Ou par toutes ces histoires insensées qui circulent à propos de cette île...

Je l'interromps :

– Est-ce que tu ressens la même chose qu'avec Rosa ?

– Peut-être. Je ne sais pas.

– Thomas, la commotion cérébrale n'explique pas tout. Il y a autre chose...

Il hausse les épaules et laisse son index courir sur mon front, descendre le long de mon nez jusqu'à mes lèvres.

Je me penche vers lui, nos lèvres sont toutes proches, je sens mon ventre se nouer. Mais on frappe à la porte et je bondis sur mes pieds comme si c'était un péché mortel d'être assise sur les genoux de Thomas.

49

Derrière la porte se tient ma grand-mère portant un plateau avec un sandwich et du Coca.

– *Buon appetito*, dit-elle en montrant son beau dentier.

Pourquoi est-ce que je me sens comme une écolière prise en faute ?

– C'est pour Carla, explique *nonna* Rita dans son danois approximatif.

Puis elle adresse un large sourire à Thomas. Si elle n'avait pas passé l'âge depuis longtemps, j'aurais vraiment l'impression qu'elle flirte avec mon amoureux – euh, mon ex – enfin, vous avez compris.

– Vous n'allez quand même pas rester dans l'obscurité, Loulou. Va donc faire visiter notre belle île de Burano à ton ami !

En prononçant ces mots dans un danois hésitant, elle regarde Thomas. À croire qu'elle cherche à lui plaire…

J'objecte qu'il y a trop à faire au restaurant. Mais elle m'interrompt en levant la main :

– Je vais veiller sur Carla. Allez vous balader tous les deux !

Quel bonheur de sortir de l'espace confiné de la chambre et de se retrouver dans la rue ! Le soleil s'est couché, mais l'air est encore tiède. Nous marchons côte à côte, proches, mais sans nous toucher. Je décide de prendre sa main dans vingt secondes très exactement.

Un Mississippi, deux Mississippi, trois Mississippi… j'arrive à dix-neuf quand je sens sa main dans la mienne. Enfin !

Nous arrivons au port et nous asseyons sur un banc qui donne sur la lagune, avec vue sur l'île de Torcello au loin. Nous restons silencieux.

Et puis, soudain, il m'embrasse. Et tout le reste m'est bien égal…

Je ne veux surtout pas que Poveglia vienne gâcher ce moment-là. Thomas est là et, cette nuit, nous dormirons ensemble. D'accord, il dormira sur un matelas pneumatique par terre, mais quand même. Nous passerons une nuit dans la même chambre !

50

Une douce brise sur le visage me réveille. Il fait encore nuit, Thomas a ouvert la fenêtre et les volets. Au clair de lune, je le vois distinctement dans l'encadrement de la fenêtre regarder la nuit. Je m'apprête à lui demander pourquoi il ne dort pas, quand je l'entends dire :

– Qu'est-ce que tu lui veux ?

Je crois au début qu'il téléphone, mais non… Il parle tout seul…

– Dis-moi ce que tu veux !

Je m'assois sans faire de bruit et allume ma lampe de chevet.

– Thomas, que se passe-t-il ?

– Rien. Je n'arrive pas à dormir, répond-il en se prenant les tempes.

– Tu as mal à la tête ?

– Oui, un peu.

– À qui tu parlais ?

– À personne !

– Thomas ! Tu entends des voix ?

Il fait signe que oui.

– Tu crois donc qu'il y a *quelque chose* ?

Il soupire.

– Je ne sais pas.

Je me lève et m'approche de lui. Il tremble. Alors je l'entoure de mes bras et lui chuchote à l'oreille :

– Thomas, ces voix ne sont pas seulement dans ta tête, *quelque chose* accompagne Carla depuis qu'elle a quitté Poveglia.

Il détourne les yeux, regarde la rue et murmure :

– Peut-être.

Soudain un cri déchire la nuit ! C'est Carla.

Elle se redresse d'un coup dans son lit et crie :

– *NO ! No, vai via da me*[1] *!*

Je cours auprès d'elle et saisis sa main.

– Carla, calme-toi, nous sommes là, près de toi.

Elle ouvre les yeux et me regarde avec effroi.

Je la serre contre moi et tente de la rassurer.

– Du calme, Carla. Ça va aller…

Tout son corps tremble tandis qu'elle répète :

---

1. « NON ! Non, va-t'en loin de moi ! »

– Je ne comprends pas. Je ne comprends vraiment pas. Je suis moi, et l'instant d'après je suis *elle*.

– *Elle* ? répété-je. Qui ça ?

Elle me regarde.

– Ça, je n'arrive pas à le savoir. C'est comme s'il y avait une autre personne à l'intérieur de moi. Je crois que je suis en train de devenir folle. Tout se bouscule dans ma tête, je ne sais plus ce qui est réel et ce qui ne l'est pas.

Elle commence à se balancer d'avant en arrière.

– Je crois qu'il y a quelque chose en moi qui ne devrait pas être là !

J'implore Thomas du regard, puis je chuchote :

– Tu vas être obligé de l'aider !

Une ombre passe sur son visage, il hésite un instant, puis dit :

– Je le sais bien.

51

Carla est assise dans son lit, la mine méfiante.

Nous venons de lui raconter tout ce qui est arrivé à Frederiksberg. L'histoire de Rosa, la petite fille qui venait me rendre visite la nuit et qui s'est révélée avoir péri dans le bombardement de l'École française en 1945. Carla fronce les sourcils quand nous lui expliquons que Rosa avait besoin d'aide pour retrouver son petit frère qui, entre-temps, était devenu un vieil homme. Je précise que Thomas a utilisé ses dons de médium pour renouer le contact entre le frère et la sœur, et aider Rosa à passer *de l'autre côté*. Mes propres paroles me paraissent étranges.

– Excusez-moi, mais est-ce que vous essayez de me dire que Thomas peut établir le contact avec les *morts* ? Ou les *esprits* ?

Thomas, le regard fixe, marmonne :

– Si on veut.

– Mais à quoi ça me sert, tout ça, Thomas ?

Il prend la croix et la tourne entre ses mains.

– Carla, d'après ce que toi et Loulou m'avez rapporté, il semble que tu aies ramené de Poveglia un esprit tourmenteur.

– Un quoi ? Un *esprit tourmenteur* ? C'est quoi, ça ?

Thomas soupire avant de poursuivre :

– Un esprit tourmenteur est l'esprit d'un mort qui se fixe sur un vivant pour que celui-ci l'aide à finir quelque chose.

– Finir quelque chose ?

– Quelque chose qu'il n'a pas eu le temps d'achever avant de mourir.

– Tu penses donc sérieusement que j'ai « attrapé » un esprit tourmenteur, et tu prétends être une sorte de médium qui peut parler aux morts ? Et contraindre cet esprit tourmenteur à me lâcher pour passer « de l'autre côté » ? demande-t-elle en dessinant des guillemets avec les doigts.

Thomas pousse un soupir.

– Disons ça.

– Allez, arrête de me faire marcher ! s'écrie-t-elle.

Elle a un rire nerveux.

– Loulou, tu sais bien que je ne crois pas à tout ça. Je crois à la raison, aux explications logiques, à la science…

Je l'interromps.

– Oui, je sais, tu crois à tout ce qu'on peut voir ou expliquer de manière rationnelle, ce qu'on peut prouver, mesurer, peser. Mais en ce moment tu te poses des questions, non ? Je veux dire, tu ne peux pas prouver que cet esprit existe. Mais tu n'affirmerais pas non plus le contraire…

Carla n'en démord pas.

– Loulou, tu connais ma position.

– Carla, prouve-t-on l'amour ? La haine ? Que pèse l'angoisse ? Comment se mesure la paranoïa ? Et existe-t-il une formule pour tomber amoureux ?

– Si on considère les choses sous cet angle…, admet Carla.

– Je veux bien essayer, déclare Thomas.

– Essayer quoi ? s'enquiert Carla.

– D'ouvrir…

– De rechercher cet *esprit tourmenteur* ? poursuit Carla avec un petit rire forcé.

Thomas hoche la tête.

– Comment, concrètement ?

– En te mettant dans une sorte de transe. Et je verrai si je peux entrer en contact…

– … avec *l'esprit* ? complète Carla, toujours aussi peu convaincue. C'est vraiment n'importe quoi. Mais bon, si tu penses que tu peux m'aider à remettre un peu d'ordre, et de calme surtout, dans mes pensées, je veux bien essayer.

Je comprends seulement à présent ce que cela implique pour Thomas. Si le scénario de la dernière fois se répétait ? Si Thomas redevenait psychotique et se faisait interner à cause de moi ? Est-ce que cela vaut vraiment le coup de courir autant de risques ?

– Je veux bien essayer, confirme Thomas.

– Mais tu es sûr que tu vas y arriver ? demandé-je, affolée.

– Loulou, je suis stable maintenant. Je n'ai jamais connu une si grande stabilité. Je peux gérer ça.

– Sûr ?

Il confirme.

– Qu'est-ce que tu en dis, Carla ? Tu oses ?

Elle hésite, regarde Thomas, puis acquiesce.

– En fait, je ne sais pas très bien ce que j'accepte. Mais je n'ai rien à perdre. Si tu penses réellement être en mesure de m'aider, alors fais-le. Le plus tôt sera le mieux.

Sans un mot, Thomas se lève. Il va vers son sac à dos et sort un mouchoir d'une des poches latérales. C'est celui, brodé de myosotis, qui a appartenu à sa mère.

– Tu t'en doutais, Thomas... Tu as emporté le mouchoir..., chuchoté-je.

Il serre très fort le mouchoir dans sa main gauche, puis retourne vers Carla et s'assoit sur le bord du lit. Il prend sa main et la fixe intensément dans les yeux. Elle paraît mal à l'aise.

– Ne t'inquiète pas, Carla, tout va bien se passer. Tu ne sentiras rien. Bientôt, tu vas sombrer dans le sommeil et, quand tu te réveilleras, tu ne te rappelleras rien.

– Ce sera agréable ou désagréable ?

– Agréable. Pour toi, dit-il avec un sourire rassurant.

Puis il se tourne vers moi.

– Et toi, Loulou, tiens-toi un peu plus loin, d'accord ?

Je vais m'asseoir sur le rebord de la fenêtre.

Thomas tient son mouchoir dans une main et la main de Carla dans l'autre.

– À quoi il sert, ce mouchoir ? veut-elle savoir.

Il sourit.

– Pure superstition ! Il a appartenu à ma mère, alors je pense que pour moi il symbolise une forme de protection.

– Et on en a besoin, Thomas ?

Il ne répond pas.

– Es-tu prête, Carla ?

– Oui, mais que dois-je faire ?

– Ferme simplement les yeux et concentre-toi sur la chaleur qui irradie entre nos paumes. Quand je dirai « dors », tu dormiras.

Elle a un rire mal assuré.

Elle ferme les yeux.

– C'est vrai que tu as les mains chaudes, constate-t-elle. Aïe, tu me brûles !

– Dors !

La tête de Carla tombe sur le côté. J'ai déjà vu une personne se faire hypnotiser, c'était exactement comme ça.

– Carla, es-tu là ? demande Thomas.

Silencieuse, Carla reste assise avec sa main dans la sienne. Puis elle commence à se balancer d'avant en arrière. Je sens monter l'angoisse. Un froid soudain se répand dans la chambre et je grelotte. J'ai la chair de poule sur les bras.

Un court instant, Thomas semble se tordre de douleur, puis il se redresse et dit :

– Est-ce qu'il y a un contact ?

Il ne se passe rien.

Il répète sa question.

Ma lampe de chevet s'éteint tout à coup. Puis le lustre au plafond clignote. Trois fois. Un nuage passe devant la lune et plonge la chambre dans le noir le plus total. Je ne peux même pas voir ma main, mais j'entends la voix de Thomas :

– Qu'est-ce que tu veux ?

Il respire lourdement.

– Qui es-tu ?

Je tends l'oreille dans l'espoir d'entendre une réponse. En vain. Thomas doit être branché sur une fréquence qui ne m'est pas accessible.

– Laisse-la tranquille, tu entends ! ordonne-t-il. Tu sais bien que tu dois aller vers la lumière !

Carla a du mal à respirer. Elle semble sur le point d'étouffer. Thomas élève la voix :

– Lâche-la ! Tu n'as rien à faire ici. Ta place est de l'autre côté. Va vers la lumière, va trouver la paix pour ton âme.

Carla tousse violemment et cherche à reprendre son souffle.

Thomas dit d'une voix plus forte :

– Laisse-la maintenant. Lâche-la !

Tout à coup, j'ai l'impression qu'on s'empare de mon être et qu'on me pompe toute mon énergie. Je ressens une grande douleur au diaphragme et à la tête. Je tombe lentement en avant. Tout devient noir.

52

Quand je reviens à moi, je rencontre le regard inquiet de Thomas. Il est assis par terre à côté de moi.

– Loulou, ça va ?

– Oui, je crois. Et toi ?

Il fait signe que oui.

– Et Carla ?

– Elle dort.

– Que s'est-il passé, Thomas ?

– C'était très étrange.

– Comment ça, étrange ? Tu as réussi à le faire passer de l'autre côté ?

– Non, la résistance était trop forte. Ou… je ne sais pas…

– Allez, Thomas, dis-moi.

– Bon. J'ai vu des images. Celle d'une jeune femme qu'on emmenait dans une barque. Elle était accompagnée de deux hommes avec des masques blancs, tous deux armés de grands bâtons. Il y avait du brouillard, c'était l'heure entre chien et loup. La femme tremblait, elle avait l'air terrorisée. Elle marmonnait quelque chose.

– Que disait-elle, Thomas ?

– « Lorenzo ! » Elle répétait en boucle le prénom de Lorenzo.

– Justement, Carla parle tout le temps d'un certain Lorenzo, elle a même appelé Lorenzo un moine dans une église !

– Mais tout ça, je le savais. Mon imagination a peut-être brodé à partir de ce que je connaissais ?

– Tu as bien *senti* quelque chose, tu as *entendu* quelque chose, Thomas !

Il soupire.

– Il y a aussi autre chose…

– Je t'écoute.

– J'ai tout le temps un prénom, « Insania », qui me trotte dans la tête…

– *Insania* ? Mais ce n'est pas un prénom, Thomas. Cela signifie « folie » en italien.

– Tu vois bien, Loulou, que ça n'a pas de sens. C'est une belle pagaille…

J'ai envie de lui donner raison. Oui, tout cela n'a ni queue ni tête. Mais ce mot *insania*… Je ne lui ai jamais raconté que Carla et moi l'avions vu écrit sur un mur, là-bas à Poveglia.

53

Carla se réveille.

– Tu te rappelles quelque chose ? demandé-je.

Elle secoue la tête.

– Non, c'est le noir complet.

Thomas explique brièvement ce qu'il a cru voir durant la séance : la femme dans le bateau et les hommes avec les masques.

Carla chuchote :

– La femme s'appelle Elena. J'ai vu exactement la même chose, Thomas !

Je frissonne. Mais Thomas répond très calmement :

– Ce n'est pas si étrange, Carla. Nous connaissons tous l'histoire de Poveglia. La peste, les bateaux, les pestiférés…

Elle acquiesce et se cache le visage dans les mains.

– Oh, mon Dieu, tout tourne dans mon cerveau !

Elle reste ainsi un bon moment en respirant lourdement.

Puis Thomas dit :

– Nous allons être obligés d'aller là-bas.

– À Poveglia ? m'écrié-je.

Il hoche la tête.

– C'est hors de question, Thomas. Je ne mettrai plus jamais un pied là-bas. Tu es complètement fou !

Il me regarde et je comprends que nous n'avons pas le choix. C'est la seule solution.

– Et comment on va faire pour aller là-bas ? objecté-je.

– Fabio, dit Carla simplement.

– Fabio ? Il ne voudra jamais !

– Si, il y retournera. Laissez-moi lui parler. Seule !

Le jour se lève. Les premiers cris d'oiseaux déchirent l'air. Je déteste ce bruit, maintenant.

Nous essayons de dormir un peu. Je me jette sur mon lit.

– Je peux m'allonger à côté de toi ? demande Thomas.

Je fais signe que oui.

Nous ne parlons pas. Nous ne nous embrassons pas. Nous sommes couchés en chien de fusil et il a passé un bras autour de moi. Nous nous endormons dans cette position. Épuisés.

C'est Carla qui nous réveille. J'ai l'impression d'avoir à peine fermé les yeux, mais le soleil est déjà haut dans le ciel, les fenêtres sont grandes ouvertes et les rues de Burano commencent à s'animer.

– Bon, tous les deux, il est déjà tard, il serait temps que vous descendiez prendre votre petit déjeuner. Dites à Fabio de venir me voir. Seul ! J'aimerais lui parler.

Lorsque Thomas et moi arrivons au restaurant, Fabio s'active devant la machine à expresso. Il converse gaiement avec des habitués. Il paraît détendu.

– Fabio, je prends le relais. Carla voudrait te parler, dis-je.

– Me parler ? Seul ?

– Oui.

– Elle va bien ?

– Oui.

Il sourit.

– Je lui apporte son petit déjeuner ?

– Bonne idée !

Il prépare rapidement un plateau avec un *caffe latte*, un jus de fruits et un pain au chocolat. Il ajoute un vase avec une rose rouge, puis part le cœur battant.

Quand il redescend, il est livide.

Je m'approche de lui et le prends par le bras.

– Alors ?

Il se contente de hocher la tête. Puis il prononce les mots que je redoutais d'entendre :

– Nous partons ce soir après la fermeture.

54

Carla dort la plus grande partie de la journée. Je laisse Thomas auprès d'elle et je file donner un coup de main au restaurant. Je ne supporte plus de rester là-haut dans la chambre avec l'angoisse qui monte…

Nous nous adressons à peine la parole, Fabio et moi. Nous nous concentrons sur notre travail. Nous essayons de sourire et de faire comme d'habitude un brin de conversation à la clientèle, mais le cœur n'y est pas.

– Quelque chose ne va pas, *piccolina* ? s'enquiert Toni en me pinçant légèrement la joue. Tu n'es pas contente que Thomas soit ici ?

– Si, bien sûr, dis-je en m'efforçant de lui sourire. Je suis juste un peu fatiguée.

Je remarque le regard inquiet de ma grand-mère, alors je prends la mine la plus enjouée possible quand nos regards se croisent. À un moment donné, elle va voir Toni et lui chuchote quelques mots à l'oreille. Peu après, j'aperçois Thomas. Je vais vers lui :

– Et Carla ? Tu l'as laissée seule là-haut dans la chambre ?

– Non, ta grand-mère a insisté pour qu'on se relaie. Elle trouvait dommage que je reste à l'intérieur toute la journée, moi qui ne connais pas Burano.

– Je comprends.

– Belles chaussures, dis donc ! s'écrie-t-il en riant.

– Toni et ma grand-mère me les ont refourguées, je n'ai pas eu le choix.

– Elles te vont bien. En fait, tu as vraiment de jolies jambes, Loulou, si on les regarde attentivement...

– Tu arrêtes de te moquer de moi ?

Il se contente de sourire.

– Tu as l'air plus âgée qu'avant l'été. C'est peut-être seulement à cause de cette jupe et de ces escarpins ? Mais tu te tiens différemment et puis tu parles anglais, italien, et même allemand... Tu m'avais pourtant dit que tu n'étais pas bonne en italien.

– Je ne parle pas couramment...

– Ce n'est pas l'impression que tu donnes... *gute heute Leute sprechen Sie Sprache... spaghetti pomodori. Ti amo...*

– Qu'est-ce que tu viens de dire ?

– Rien. En te regardant travailler, on tombe forcément un peu amoureux de toi...

– Thomas, arrête !

Il m'attire soudain sur ses genoux.

– Hé ! J'ai du travail ! protesté-je.

Ah, pourquoi ne sommes-nous pas tous les deux simplement en vacances en Italie ? Je n'ai aucune envie de retourner à Poveglia. Je veux rester comme ça avec Thomas. C'est tout...

– Thomas, on ne peut pas laisser tomber pour ce soir, dis ?

En une fraction de seconde, il devient grave.

– Non, Loulou. On ne peut pas. Pas si on veut que Carla redevienne elle-même.

Il faut attendre longtemps avant que tout soit silencieux dans la maison et que nous puissions nous faufiler dehors. J'ai demandé plusieurs fois à Carla si elle est *vraiment* sûre de vouloir retourner là-bas. Elle finit par me répondre, sur un ton agacé :

– Je croyais que tu me connaissais mieux que ça, Loulou. Quand j'ai pris une décision, je ne reviens jamais dessus. Jamais !

Mais je vois bien qu'elle n'en mène pas large.

Cette fois, je me suis habillée chaudement pour l'excursion : pantalon, sweat à capuche et Converse noires. C'est moins bien que des chaussures de randonnée, mais toujours mieux que mes escarpins pitoyables.

Fabio a pris un peu d'avance et nous attend dans le bateau. Je suis frappée de voir à quel point il est différent quand il ne porte pas sa tenue de travail, mais un jean et des baskets. Son visage est empreint de gravité.

Il a tout préparé : dans le bateau, il y a une pile de couvertures, quatre lampes de poche et quelques bouteilles d'eau. Et surtout une nouvelle paire de rames.

Sans dire un mot, il nous aide tous les trois à monter à bord.

Personne n'ouvre la bouche. Le silence est pesant. Si seulement quelqu'un voulait se dévouer pour plaisanter un peu… Je jette un coup d'œil à Carla. Non, rien à attendre d'elle sur ce plan. Et moi, qui suis pourtant experte dans l'art de parler pour ne rien dire, eh bien, je suis à court d'idées pour meubler le silence.

J'observe du coin de l'œil Fabio qui bidouille le vieux moteur. Je joins les mains et adresse une prière à l'univers : *faites que le bateau démarre…*

Vroum ! rugit le moteur.

Nous sommes en route.

55

Le bateau traverse à toute vitesse la lagune vénitienne. Fabio se concentre sur la navigation. Carla et moi sommes assises l'une à côté de l'autre, mais je sens que ma cousine est dans son monde à elle et que je ne peux pas l'atteindre. Repliée sur elle-même, elle regarde fixement ses chaussures.

Thomas a pris place derrière nous. Je me retourne et essaie de croiser son regard, mais il contemple la lagune, la mine soucieuse. Je n'aime pas ça…

Même si nous sommes quatre à bord, je ne me suis jamais sentie aussi seule.

Nous sommes chacun dans notre bulle, le regard perdu dans la nuit. Haut dans le ciel, le croissant de lune éclaire une multitude d'îlots.

Comme on pouvait s'y attendre, le moteur s'éteint à l'approche de Poveglia. Et s'il fallait tout simplement changer de moteur ?

Fabio est livide. Il scrute la mer, effrayé, comme s'il s'attendait à voir à tout moment le cadavre de sa grand-mère remonter à la surface. Mais il se reprend et sans un mot saisit les rames. Immobiles, nous voyons apparaître les bâtiments en ruine de l'hôpital. Les vitres brisées et les encadrements de fenêtres rouillés, les mauvaises herbes devant les constructions, le campanile qui s'élance, majestueux, vers la lune.

Thomas demande s'il peut aider, mais Fabio répond par un « *NO* » tonitruant qui fait s'envoler une nuée d'oiseaux. Une fois que nous sommes arrivés tout au bout du chenal, Thomas saute sur le quai. Fabio lui jette une corde et Thomas amarre le bateau, comme s'il l'avait fait des centaines de fois. Il y a tant de choses que j'ignore de lui…

Débarquée sur la terre ferme, Carla s'assoit sur une grande pierre. Elle est pâle comme un linge et se balance doucement d'avant en arrière, tout en se blottissant dans son sweat.

Fabio sort un flacon dont le bouchon est surmonté d'une petite croix. Il la débouche et commence à psalmodier des prières en italien, jette un peu du liquide transparent sur Carla et, pour finir, trace le signe de croix dans l'air.

– *Che fai*[1] ? peste-t-elle.

Moi aussi, je me le demande.

– C'est de l'eau bénite de l'église San Martino, marmonne-t-il.

Il a donc été à l'église chercher de l'eau bénite !

Carla se relève brusquement et déclare :

– *Tu sei pazzo, completamente svitato*[2].

– Qu'est-ce qu'elle a dit ? chuchote Thomas.

– Qu'il est fou à lier, dis-je, pas loin de partager son avis. On ne l'est pas tous, fous à lier ?

Fabio recule d'un pas, rebouche le flacon et le fourre dans sa poche.

Plantée devant lui, Carla secoue légèrement la tête. Puis elle lui dit quelque chose en italien, tout bas, d'un air décidé.

Il baisse les yeux et bredouille :

– *Si*.

Puis Carla s'adresse à Thomas :

– Alors, on y va ? Fabio reste ici !

– Je préfère rester près du bateau, confirme Fabio.

Il nous tend trois lampes de poche et me passe un pack de piles supplémentaires.

Puis il m'attire vers lui et me glisse :

---

1. « Qu'est-ce que tu fais ? »

2. « Tu es fou, complètement cinglé. »

– Veille sur elle !

Un cri déchire le ciel nocturne.

– Ce n'était qu'un rapace, dis-je en espérant de tout mon cœur avoir raison.

Thomas et Carla marchent en tête, je les suis d'un pas hésitant.

Au moment d'atteindre le bâtiment principal de l'hôpital, je me retourne pour faire un signe de la main à Fabio.

Une nappe de brouillard passe lentement derrière lui. Il lève la main pour me répondre, puis disparaît dans le brouillard qui l'enveloppe.

56

Alors que nous approchons du bâtiment principal de l'hôpital, Carla s'arrête net et demande :

– *Perché state facendo questo a me*[1] ?

Thomas me regarde.

– Qu'a-t-elle dit, Loulou ?

– Je crois qu'elle demande pourquoi nous agissons ainsi.

Thomas se tourne vers Carla.

– Pourquoi dis-tu ça ? On était d'accord pour venir ici !

– *Non sto parlando con te*[2].

– Quoi ?

– Je ne te parle pas, espèce d'idiot !

– Ne te gêne pas, surtout !

---

1. « Pourquoi me faites-vous ça ? »
2. « Je ne te parle pas. »

– Laissez-moi, laissez-moi, je vous dis ! crie Carla.

Elle fait de grands moulinets avec les bras et donne un crochet du droit dans le menton de Thomas. Il fait un pas en arrière en chancelant, se touche le menton en balbutiant :

– Oh, la vache !

Carla paraît un instant déconcertée.

– Lâchez-moi ! insiste-t-elle.

Puis elle se détourne, court vers l'hôpital et grimpe sur l'échafaudage. Elle hésite un instant devant une fenêtre brisée, puis se glisse à l'intérieur.

Thomas et moi nous regardons, interdits, avant de courir à sa poursuite.

– CARLA ! CARLA !

Pas de réponse.

Nous nous faufilons par la fenêtre, je me coupe la main, mais n'ai pas le temps de m'en préoccuper. J'essuie le sang sur mon pantalon et continue d'avancer.

Carla semble s'être volatilisée.

Je ne reconnais rien.

On entend les rats courir partout. Mon corps est parcouru de frissons.

– CARLA, CARLA ! répète Thomas.

Nous dirigeons nos torches vers un couloir sombre qui paraît interminable. Était-ce dans le même couloir que nous étions avec Bob et Matt ? La lumière est comme happée par l'obscurité profonde.

– CARLA !

Des oiseaux et d'autres animaux poussent des cris.

Et ce bruissement inquiétant qui semble dire : *Vai via !*

Ce ne sont ni de vieux tuyaux ni des hallucinations. Quelqu'un – ou *quelque chose* – prononce ces mots : *Vai via*. Le *Dottore* ?

Thomas se tourne vers moi, et ma torche éclaire son visage... terrorisé.

Il se détourne aussitôt.

Il se met à courir le long du couloir sombre et j'essaie de suivre sa silhouette à la lueur de ma torche. C'est comme si les murs chuchotaient. J'ai du mal à respirer. Je manque de lui rentrer dedans quand il s'arrête brusquement.

Il dirige sa lampe de poche sur moi et met un doigt devant ses lèvres.

– Chut... J'ai cru entendre quelque chose...

Nous retenons notre souffle. Puis j'entends moi aussi un faible gémissement. Carla ?

Mais d'où cela vient-il ? Thomas tourne sur la gauche, dans un nouveau couloir. Il court dans la direction du bruit, avec moi sur ses talons. Le couloir débouche dans une grande pièce froide. À présent j'entends clairement les gémissements de Carla. Les murs en renvoient l'écho.

La lumière de la torche de Thomas s'arrête sur un corps à terre.

C'est elle.

Thomas se penche et la saisit par les épaules.

– Carla, ça va ?

Elle ne répond pas.

Je m'accroupis de l'autre côté, prends son bras et cherche son pouls.

– Son cœur bat. Carla, est-ce que tu m'entends ? chuchoté-je.

Toujours pas de réponse.

Je lève les yeux vers Thomas. Il chancelle un peu et ses yeux sont brillants. Fiévreux.

– Thomas ! Qu'est-ce que tu as ?

Il regarde par-dessus son épaule et chuchote :

– Va-t'en ! Laisse-la tranquille !

Carla se redresse à moitié et s'écrie :

– *No, non sono malata !*

– Que dit-elle, Loulou ?

– Qu'elle n'est pas malade…

Elle continue de crier :

– *Non sono malata !*

Je dirige le faisceau de ma lampe sur elle.

– Carla, qu'est-ce que tu racontes ?

Elle ouvre les yeux, mais son regard est lointain.

– *Mi chiamo Elena !*

– Non, tu ne t'appelles pas Elena, tu t'appelles Carla, reviens à toi ! crié-je.

– Carla, regarde-moi, dit Thomas. Regarde-moi dans les yeux et concentre-toi sur mes pupilles.

Elle plonge son regard dans celui de Thomas, et dit en souriant :

– Salut, Thomas.

Mais elle pousse de nouveau un gémissement et retombe en arrière en fermant les yeux.

– Thomas, je m'appelle Elena ! dit-elle, cette fois en danois.

– Carla, raconte-moi ce que tu vois ! s'exclame Thomas.

– Elena… est-ce qu'elle est moi ?

– Non, tu es toi-même, Carla. Raconte-moi seulement ce que tu *vois.*

– Ils veulent m'emmener en bateau… ou l'emmener, elle, en bateau… à Poveglia… mais ce n'est pas juste !

– Pourquoi ? demande Thomas.

– Parce qu'elle… Je ne suis pas malade… Je n'ai pas la peste… Laissez-moi donc, allez-vous-en… Ce n'est qu'une allergie… Je ne suis pas malade !

Carla fond en larmes.

– Lorenzo, fais donc quelque chose ! Il faut que tu leur dises, Lorenzo !

– Carla, reste concentrée sur toi-même, répète Thomas.

– Mais ils m'entraînent de force ! Les hommes avec leurs masques affreux. Ils me prennent par les bras et me traînent… Mes pieds nus raclent les pierres, ils saignent… Et Lorenzo… il assiste à cette scène sans bouger. Il fait une prière, mais pourquoi n'intervient-il pas ? Lorenzo… dis-leur que je ne suis pas malade. Dans un instant, il sera trop tard. Dis-le !

– Carla, tu es encore là ?

– Non, non ! Ils me tirent de force jusque vers le bateau. Me poussent à bord, avec les malades, leurs gros bubons et leurs toux affreuses. Mon voisin vomit du sang. Je ne veux pas !

– Carla, tu es là ?

Sa tête dodeline.

– Lorenzo ne fait rien. Il se contente de regarder. Et maintenant c'est trop tard. Les hommes ont pris les rames. On dirait des rapaces, avec les longs nez de leurs masques blancs. Lorenzo semble sortir de sa torpeur. Il m'appelle, puis tombe à genoux : *Elena… pardonne-moi…* Est-ce cela qu'il crie ? Mais la barque pénètre dans un banc de brouillard, je ne parviens plus à le voir… Maintenant il disparaît. LORENZO !

– Carla, tu es toujours là ?

Non, elle n'est plus avec nous. Allongé par terre, son corps est pris de convulsions et elle a les yeux révulsés.

– J'ai froid… et je ne vois rien… Partout c'est le brouillard… Je ne veux pas… je ne veux pas mourir !

Inquiet, Thomas claque des doigts.

– Carla, reviens, tu dois revenir maintenant !

Toujours en transe, elle poursuit :

– À présent, Poveglia surgit des bancs de brouillard et je sens l'odeur des bûchers… la puanteur des cadavres qu'on brûle. Et j'entends les hurlements des mourants. Je ne veux pas aller là-bas ! Je ne veux pas ! J'essaie de me relever dans le bateau, mais des mains puissantes m'obligent à rester assise. Je lève les yeux. Un des hommes brandit une croix au-dessus de ma tête, tout en récitant une prière qui paraît étrangement irréelle derrière ce grand masque. *Arrêtez, arrêtez donc, s'il existe vraiment un Dieu, où est-il maintenant ?*

– Carla, lâche prise et reviens ! crie Thomas.

Il ne réussit pas à la faire sortir de sa transe.

– Laissez-moi ! Je ne veux pas ! Je ne veux pas mourir ici ! Mais ils me poussent de force sur le quai. Non, non, il ne faut pas qu'ils m'abandonnent ici… *Noooon !*

– Carla, lâche prise ! hurle Thomas d'une voix désespérée.

– Oh, mon Dieu, les voilà qui repartent… Ils me laissent ici… Dites à Lorenzo que…

– Carla, CARLA ! répète Thomas en claquant plusieurs fois des doigts à la hauteur des yeux de la jeune femme.

Lentement, elle ouvre les yeux avec un sourire las.

Je pousse un soupir de soulagement.

Elle lève un bras qu'elle examine avec attention, puis elle passe la main sous son aisselle comme si elle cherchait à sentir quelque chose. Alors elle pousse des cris déchirants :

– Non, non… je ne veux pas, je ne veux pas… Je n'ai pas la peste… non, non.

Ses mains parcourent fébrilement son corps. Le touchent, le palpent et trouvent ce qu'elle craignait de sentir : les bubons de la peste !

– Non, non, non…, gémit-elle.

– Carla, lâche prise, reviens vers moi, MAINTENANT ! s'époumone Thomas.

Elle se met à tousser violemment. Manque de s'étrangler pour de bon !

– Mais empêche-la donc de s'étouffer, Thomas !

Il tape fort dans ses mains, trois fois de suite, tout près de son visage, en continuant à crier :

– Carla, reviens !

Elle ouvre des yeux remplis de terreur et de folie.

– *Vai via, diavolo !* l'exhorte-t-elle.

Alors Thomas lui saisit fortement le bras.

– Il n'y a aucun diable ici, Carla !

– Mais si, Thomas, je te jure qu'il est là ! répond-elle avant de fermer les yeux.

Thomas claque de nouveau les mains juste devant son visage, mais cette fois elle ne réagit pas. Il lève alors la tête et hurle dans le vide :

– Lâche-la. Je te l'ordonne !

Carla ouvre les yeux :

– Thomas ?

– Carla, ce n'était pas une bonne idée de te ramener ici. Nous allons partir. TOUT DE SUITE !

– Et Elena ?

– Il n'y a pas d'Elena, elle n'existe que dans ton imagination !

– Mais pas du tout ! Elle est *en moi* !

Carla ferme à nouveau les yeux et retombe dans sa transe.

– Carla, qu'y a-t-il ? demande Thomas.

– Elle meurt… Elle meurt maintenant… Ou est-ce moi ? Est-ce que je suis en train de mourir ?

– Carla, qu'est-ce que tu veux dire ?

Elle ne répond plus. Son corps raide paraît sans vie.

Soudain, tout son être se met à trembler, elle secoue la tête d'un côté et de l'autre et se contracte violemment. De la bave sort de ses lèvres.

– Mon Dieu, qu'est-ce qui lui arrive, Thomas ?

– Elle fait une crise convulsive !

Vite, il la place en position latérale de sécurité, une jambe repliée, une main sous le menton, lui renverse légèrement la tête en arrière pour dégager ses voies respiratoires en lui répétant sans cesse :

– Calme-toi, Carla, calme-toi.

À la lueur de ma lampe, je vois son visage devenir bleu. Elle ressemble à quelqu'un qu'on étrangle.

Je crie :

– Thomas, j'ai suivi une formation de secouriste. Il faut lui faire un massage cardiaque et le bouche-à-bouche.

– Du calme, Loulou, ce n'est pas aussi dangereux que ça en a l'air.

– Comment tu le sais ?

– Parce que je l'ai moi-même vécu.

Les convulsions me paraissent durer une éternité. Elles disparaissent aussi brusquement qu'elles sont apparues. Elle se remet à respirer normalement.

– Elle a fait une crise d'épilepsie, explique Thomas. C'est très impressionnant, mais pas dangereux. Ce peut être une conséquence de la commotion cérébrale.

Soudain Carla se relève d'un bond et prend une profonde inspiration. Elle saisit la main de Thomas et le regarde, troublée.

– Thomas, elle est morte, mais elle est encore ici. Elle ne veut pas lâcher prise.

Thomas lève les yeux au plafond et dit :

– Je te demande de m'aider, pour la dernière fois… *Az utolsó alkalom*[1] !

1. « Pour la dernière fois » (en hongrois).

57

Je me relève lentement. Je veux demander à Thomas dans quelle langue il a parlé, mais je ne peux pas. Les mots sont coincés dans ma gorge.

Tout au bout du couloir, j'aperçois une lumière qui s'approche. Tout d'abord, je pense qu'il s'agit de la torche de Fabio : peut-être s'est-il décidé à venir nous rejoindre ? Mais la lumière devient de plus en plus forte, oui, d'une blancheur extrême. Ce n'est pas celle d'une lampe de poche !

C'est la fameuse lumière...

Une chaleur se répand, la lumière m'éblouit et je dois fermer les yeux.

– Qu'est-ce que c'est ? demande Carla.

– C'est la lumière, ils viennent la chercher. Carla, elle va aller vers la lumière. MAINTENANT !

Je l'entends crier :

– *Va verso la luce !*

Et elle ajoute :

– Mais elle ne veut pas ! Thomas, elle dit qu'elle ne veut pas aller vers la lumière sans lui.

– Il *faut* qu'elle se dirige vers la lumière. Maintenant, pendant qu'ils sont là !

J'entrouvre un œil : Carla lève lentement le bras droit et pointe un doigt dans l'obscurité, en chuchotant :

– Le voilà.

Tout à coup, un coup de vent glacial pénètre dans la pièce.

Et je vois alors ce que voit ma cousine : une grande ombre noire qui s'approche. Je crois reconnaître un moine franciscain dans sa bure ! L'ombre émet un chuchotement :

Padre Nostro, che sei nei cieli,

sia santificato il tuo Nome[1]...

C'est le Notre Père, en italien.

Carla déclare avec fermeté :

– Lorenzo, tu es venu. Tu as trahi ce qu'il y a de plus grand au monde : l'amour ! As-tu vraiment cru que tu serais pardonné en consacrant ta vie à Dieu ? C'est à Elena que tu devais la consacrer ! Tu as trahi l'amour, c'est pourquoi tu n'as jamais trouvé la paix. Comme

1. « Notre Père qui es aux cieux
que Ton nom soit sanctifié... »

Elena, tu as été condamné à errer sans repos au bord du royaume des morts.

Je grelotte, c'est comme si une main glaciale s'était posée sur mon épaule. Au loin, j'entends sonner des cloches d'église

Carla crie :

– Lorenzo, je te pardonne ! Viens avec moi !

Thomas renchérit, d'une voix désespérée :

– Carla, il faut qu'ils se dirigent ensemble vers la lumière, maintenant ! Avant que les ténèbres ne reviennent !

Ses yeux luisent de manière inquiétante dans la nuit noire, tant son regard est intense.

J'essaie de le rejoindre, mais mes pieds sont comme cloués au sol. Alors que je tends les bras vers lui, un épais voile de brouillard s'intercale entre nous et il disparaît de ma vue.

– THOMAS !!!!

Des taches sombres dansent devant mes yeux, mais je vois toujours la forte lumière blanche au bout du couloir. Est-ce un tunnel ? Cette lumière qui est si éblouissante. Je tiens à peine sur mes jambes.

Alors j'entends Thomas s'exclamer :

– Non, Carla, tu ne dois pas les accompagner vers la lumière. Tu dois rester ici !

Je n'ai qu'une envie : partir ! Mais je suis incapable de bouger. Un coup dans le diaphragme me coupe le souffle. Toute mon énergie m'abandonne, mes jambes se dérobent sous moi et je tombe.

Juste avant de heurter le sol, je sens qu'on me rattrape. Au loin, il me semble entendre Thomas crier :

– Fais-les entrer dans la lumière, je ne vais pas pouvoir le tenir à distance plus longtemps !

58

Quand je reviens à moi, je suis allongée sur le sol. Assis à côté de moi, Fabio me pointe sa torche en plein visage en répétant :

– Loulou… Loulou…

– Éloigne cette lampe, tu m'éblouis ! Que s'est-il passé ? chuchoté-je.

– Tu t'es évanouie au moment où je suis arrivé. J'ai juste eu le temps de te rattraper avant que tu ne heurtes le sol. Tu as vu ça, Loulou ?

– Vu quoi ? dis-je en me redressant. J'ai mal à la tête.

– Ils sont passés de l'autre côté, explique Fabio. Thomas les a conduits vers la lumière !

Il secoue la tête comme un imbécile heureux. Est-ce que lui aussi est en train de perdre la raison ?

– Il les a dirigés vers la lumière ! reprend-il. Tous. Son pouvoir a été plus fort que celui du *Dottore*. Il les a conduits vers la lumière, Loulou, ma grand-mère aussi !

– Ta grand-mère ? répété-je, sceptique.

– *Il Dottore* ne voulait pas lâcher son âme. Mais Thomas a été plus fort que lui et l'a conduite vers la lumière. Elle a souri quand elle y est entrée. Je suis sûr que mon grand-père et mon oncle l'y ont accueillie.

– Eh, Fabio, redescends un peu sur terre ! Tu n'as jamais vu ton grand-père ni ton oncle. Ils sont morts longtemps avant ta naissance !

– Justement ! Ils l'ont attendue. Je le sais, c'est tout. Ma grand-mère m'a regardé et je crois qu'elle a dit : « Fabio, tout est bien, mon âme est en paix. »

Il porte sa main gauche à sa bouche et ses lèvres effleurent l'alliance.

– Je comprends maintenant, Loulou, le sens de tout ça. C'était marqué ici !

Il tend sa main gauche au-dessus de mon visage pour que je puisse voir l'alliance, puis il murmure :

– *Fede, speranza e carità*. La foi, l'espoir et l'amour, mais, au-dessus de tout, il y a l'amour.

– Mais où sont les autres ? THOMAS ? CARLA ! Vous êtes où ? crié-je.

– Ici.

– Où ça ? Je ne vous vois pas !

Fabio éclaire un grand pilier en pierre. Carla y est adossée, et Thomas est à ses côtés. Tous deux ont l'air épuisés.

– Carla ? Tu te sens comment ?

– Ça va, je crois, répond-elle en se prenant les tempes. Pour la première fois depuis longtemps, j'ai l'impression d'être moi-même. Rien que moi !

– Est-ce que cela signifie qu'Elena est passée de l'autre côté avec Lorenzo ? Le moine ?

Elle ne répond pas.

– Et toi, Thomas ?

– Moi, ça va, Loulou. L'épreuve est surmontée !

Surmontée ? Ce n'est pas ce que je ressens. Je suis toujours transie d'effroi. Je n'en peux plus d'être ici, je sens rôder *le mal.*

Tout est calme, mais ce n'est qu'en apparence, car les murs continuent de chuchoter. Je tâtonne pour récupérer ma lampe de poche qui est par terre à côté de moi, et j'éclaire les parois de haut en bas.

J'ai le souffle coupé quand je tombe sur l'inscription : *INSANIA* !

C'est écrit en grosses lettres rouges. Et, un peu plus bas :

Vada subito via e non torni mai più[1] *!*

---

1. « Disparais immédiatement et ne reviens plus jamais ! »

Il faut partir d'ici, et au plus vite !

Quelque chose me frôle : un rat ! Je lui donne un coup de pied. Puis un cri résonne sous le plafond. Je lève la tête et rencontre deux yeux mauvais qui me fixent dans l'obscurité.

Je ne saurais expliquer comment, mais je sais que c'est l'esprit malin du psychiatre sadique, *il Dottore di Poveglia*.

Ces yeux se rapprochent de moi, ils foncent sur moi ! Je hurle…

– Du calme, Loulou ! crie Thomas.

Il dirige sa torche sur les yeux terrifiants. C'est une chouette hulotte ! Immense, d'une envergure d'un mètre au moins. Elle touche le plafond, puis rassemble ses ailes et pique droit sur moi.

Je ferme les yeux et me prépare au choc.

Rien.

Je lève les yeux, et j'aperçois à la lueur de la torche de Thomas la chouette s'envoler avec un gros rat dans le bec.

– Elle cherchait seulement de la nourriture, déclare Thomas.

J'ai du mal à respirer.

– Je n'en ai rien à faire ! Sortons d'ici ! crié-je.

Thomas aide Carla à se relever. Elle chancelle un peu.

Quelque part, une porte claque. Un craquement retentit. Comme si quelqu'un marchait d'un pas lourd à l'étage supérieur.

L'espace d'un instant, nous restons immobiles et silencieux. Puis j'ordonne :

– On se tire ! MAINTENANT !

59

C'est un soulagement de sortir de l'hôpital et de respirer l'air frais. Nous nous arrêtons un court instant pour remplir nos poumons, car nous avons tous le souffle court.

Je lève les yeux vers le campanile. Une nuée d'oiseaux se pose sur le toit. Mais il y a aussi autre chose. Une ombre noire. Plus je regarde, plus j'ai l'impression que quelqu'un là-haut nous observe. Peut-être une chouette, peut-être un médecin psychopathe...

– Regagnons vite le bateau !

J'ai trop peur que le moteur de Fabio refuse de démarrer comme l'autre fois.

Mais il ronronne comme un petit chat.

– La malédiction de Poveglia est levée ! crie Fabio, tout excité.

Il lâche tous les chevaux-vapeur du moteur et le bateau file comme une flèche !

Nous partons. Loin d'ici, je le jure. Et nous ne reviendrons plus jamais.

– Carla, comment tu te sens ? demandé-je une fois que nous atteignons la lagune.

– C'est comme s'il y avait eu une explosion libératrice dans cette usine chimique, dit-elle en indiquant sa tête.

– Qu'est-ce qui s'est passé là-dedans ?

– Je ne sais pas. C'était si étrange... Je me rappelle seulement le brouillard.

Elle secoue la tête.

– Je crois que je vais laisser reposer tout ça, dit-elle, avant d'ajouter au bout d'un moment : En un sens, nous avons terminé le projet de recherches anomalistiques de Matt et Bob.

– Qu'est-ce que tu veux dire ?

– Eh bien, maintenant on sait que leurs théories ne tiennent pas ! La seule chose qui me chagrine, c'est que nous n'avions pas de caméra. J'aurais bien aimé pouvoir présenter des documents qui auraient attesté tout ça.

– Pourquoi ?

– Parce qu'il me manque en quelque sorte la preuve finale...

Puis elle sourit et laisse son regard errer sur la lagune.

La lune est haute dans le ciel où flottent de petits nuages blancs.

Thomas s'assoit à côté de moi. Il prend une couverture et la jette sur nos épaules.

– Thomas, quelle langue as-tu parlée là-bas ?

– Le hongrois.

– Le hongrois ? C'est ta mère que tu as appelée ?

Il ne répond pas.

– Tu lui as demandé de l'aide ?

– Loulou, laissons cela de côté. Et si on refermait la porte pour de bon ?

J'acquiesce.

Mais je ne peux pas m'empêcher de remarquer :

– C'est une nuit splendide... On devine juste un peu de lumière là-bas à l'horizon.

– Je crois que c'est le crépuscule nautique qui commence. Au fait, il est quelle heure ?

Je sors mon portable de ma poche : il marche !

– Deux heures trente-deux.

– Ça correspond. Après l'obscurité de la nuit, le crépuscule nautique prend le relais. On le voit déjà qui pointe à l'horizon.

– C'est fou, tout ce que tu sais, Thomas.

– Ça dépend des sujets.

– Je croyais que tu étais incollable en tout ?

– Non, il y a un sujet que je ne comprends toujours pas.

– Lequel ?

– Toi !

Je souris.

Je pose la tête contre sa poitrine et j'entends son cœur qui bat très fort à l'intérieur.

Carla a l'air d'être redevenue elle-même, si l'on fait abstraction de son nez gonflé. Sa lèvre supérieure a presque retrouvé son aspect normal.

Elle lève les yeux vers Fabio. Il lui fait un clin d'œil. Je ne peux pas m'empêcher de lui demander :

– Carla, qu'est-ce que vous allez faire tous les deux ?

Elle sourit.

– On verra bien, personne ne peut lire l'avenir, Loulou.

Je souris, me retourne et regarde Poveglia s'éloigner.

Une nuée d'oiseaux s'envole du toit de l'hôpital. Dans le lointain, j'entends sonner des cloches, puis l'île disparaît, enveloppée dans la brume. Seul le campanile émerge du brouillard.

Je sens les lèvres de Thomas tout près de mon oreille qui me chuchotent :

– Ne te retourne jamais.

– Tu veux bien qu'on reste ensemble, peu importe où nous entraînera le voyage ?

Il hoche la tête et plonge ses yeux dans les miens. *Mon regard.* Puis il sourit. *Mon sourire.*

Ses lèvres sont à quelques millimètres des miennes. *Toutes proches.*

Puis nous naviguons dans une couche de brouillard et c'est comme si son visage disparaissait.

– Thomas, tu es là ?

Cet ouvrage a été mis en pages
par DV Arts Graphiques à La Rochelle

Impression réalisée par

CPI
BRODARD & TAUPIN

La Flèche

en août 2014
pour le compte des Éditions Bayard

Imprimé en France
N° d'impression : 3006808